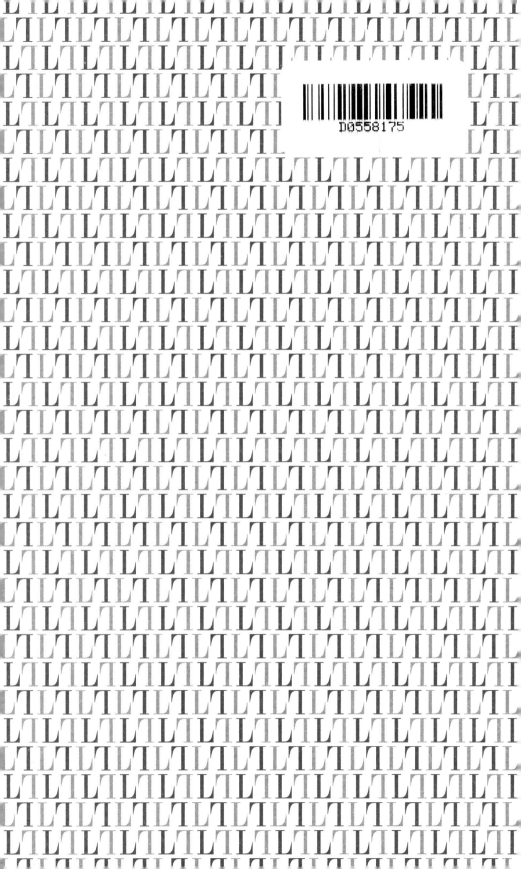

El funeral de Lolita

El funeral de Lolita

Luna Miguel

Lumen

narrativa

Papel certificado por el Forest Stewardship Council®

Primera edición: noviembre de 2018

© 2018, Luna Miguel Santos
© 2018, Penguin Random House Grupo Editorial, S.A.U.
Travessera de Gràcia, 47-49. 08021 Barcelona

Printed in Spain – Impreso en España

ISBN: 978-84-264-0532-6
Depósito legal: B-18650-2018

Compuesto en La Nueva Edimac, S. L.
Impreso en Egedsa
Sabadell (Barcelona)

H405326

Penguin
Random House
Grupo Editorial

JUN 2 0 2019

Para Ibrah y Ulises.
También para Rosa.

1

La gente solía describirlo como un nudo en el estómago. Para Helena era una mala metáfora. Si tuviera una cuerda en la tripa, al menos podría tirar de ella para escapar a algún lugar lejano, o quizá para deslizarse hacia dentro de sí misma y quedarse ahí escondida, a oscuras entre las vísceras, calentita y tranquila. Pero no estaba tranquila: aquello en su estómago aleteaba como una polilla alrededor de un fluorescente. Algo así como el primer rugido del hambre. Como el estruendo del camión de la basura al irrumpir de madrugada en una calle estrecha.

Las siete y media de una tarde de marzo. El autobús H14 acababa de llegar a su parada cuando el teléfono sonó. Tenía un mensaje de la que fue su mejor amiga en el colegio y en el instituto y con la que llevaba sin hablarse más de una década. Ver el nombre de Rocío en aquella notificación le produjo un ligero vértigo que no le impidió bajarse del autobús de un salto y empezar a subir la avenida del Paral·lel como en un día cualquiera.

Quizá sólo se trataba de una confusión. Rocío habría encontrado su contacto por azar y le habría mandado una solicitud de amistad. O querría etiquetarla en algún álbum de fotos viejas en las que ambas aparecían bebiendo calimocho, o posando con los dedos en forma de uve y las uñas pintadas de brillantina. O quizá estuviera a punto de casarse o embarazada, y quería compartir su alegría con todas las personas que alguna vez formaron parte de su lista de contactos. Podría, incluso, tratarse únicamente de la invitación a una fiesta de reencuentro de antiguos alumnos del instituto, a la que por supuesto ella jamás asistiría.

Abrió el mensaje. No había fotografías pixeladas que despertaran un tanto la nostalgia, ni tampoco palabras maternales o gestos de celebración.

Sin apenas signos de puntuación, como si las letras estuvieran fundiéndose y apelotonándose en la caja de texto, el comunicado de Rocío era más urgente.

Tuvo que releerlo un par de veces para que cobrara sentido. Un líquido abrasador comenzó a ascender hasta la comisura de los ojos. Se los tapó con fuerza para detener la hemorragia. Siguió caminando avenida arriba, rumbo a casa, con un sentimiento parecido a la angustia pero también al alivio. A la altura de un restaurante asiático se dejó caer de golpe sobre una de las sillas metálicas de la terraza y dejó el móvil sobre la mesa. La pantalla aún emitía un leve brillo gracias al cual podía distinguirse un fragmento de las palabras de Rocío.

«no sé si querrás saber de mí tampoco sé si este es tu perfil no sé ni siquiera si estás viva pero tenía que decírtelo roberto ha fallecido esta mañana».

Sólo hacía falta deslizar el dedo hacia el símbolo del sobrecito azul para poder leer el mensaje completo. En vez de eso, Helena se clavó la uña del índice en el muslo con tanta fuerza que se hizo una carrera en la media.

Roberto está muerto, dijo en voz muy baja.

Cuando la pantalla se tiñó de negro, la acarició con el mismo dedo. Lo movió hacia arriba y hacia abajo del cristal, tratando de borrar las marcas.

Roberto está muerto, musitó otra vez, mientras el tráfico chillaba a sus espaldas y el camarero del restaurante la observaba desde la puerta sin hacer ademán de acercarse.

Fue entonces cuando Helena lo notó: el vuelo de una polilla en el estómago. Sus alas de metal lijando las paredes gástricas; el peso del cuerpo sin vida de Roberto iluminándose en una habitación hasta entonces inhabitada de su mente.

2

Tenía treinta años y nunca había asistido a un funeral.

No fue al de su madre, Fernanda, ni tampoco al de su padre, Amador. Helena no sabía lo que era un cadáver, sus pies jamás habían pisado un tanatorio. El único cementerio que había visto estaba en Copenhague. Lo más sencillo para llegar al restaurante Kiin Kiin de Nørrebro era atravesarlo, así que había estado ante la tumba de Kierkegaard, pero nunca pudo llorar frente a la de Fernanda.

Un conductor ebrio la dejó sin madre cuando sólo tenía siete años. Lo descubrió cuando una vecina llamó al timbre del chalet y entró en la sala de estar sollozando. Llevaba un periódico enrollado debajo del brazo y una bata gris sobre los hombros.

—Ay, Amador, que la ha arrollado un Seat rojo mientras volvía del mercado. Estaba cruzando la avenida Castilla. Se la ha llevado la ambulancia al hospital Príncipe de Asturias.

La taza de café de Amador salió volando contra la pared de gotelé de la habitación y su líquido negruzco chorreó hasta empapar el suelo lleno de trozos de cerámica. Helena guardó en la memoria el sonido del puño de su padre chocando contra la mesa de madera. Y su llanto seco. Y las palabrotas. Y los gestos con los que más tarde le explicaría que «un funeral no es sitio para una niña» o que «está prohibido ir a la tumba de mamá».

Ella no fue la única que no pudo despedirse de Fernanda. Amador tardó semanas en marcar el largo número tras el que se ocultaba la voz de los padres de su esposa. En algún lugar de Barranquilla, la voz entrecortada de su abuelo materno maldecía al «español cucarro y fantoche» y pedía a Dios que le devolviera a su niñita. La conversación no duró mucho, aunque sí lo suficiente para que a ambos lados de la línea decidieran odiarse. No volver a dirigirse la palabra.

En pocos días, Helena perdió a una madre, a unos abuelos y también al Amador que conocía.

Su padre ya no volvió a reír. No volvió a desprenderse del chándal azul marino con el que iba a trabajar. Pasaba horas sin levantarse del sofá mirando canales de deportes extranjeros; ojeando sus álbumes de fotografías de los años que pasó en el servicio militar; ordenando sus revistas de caza o escuchando una y otra vez su vinilo azul de Joan Manuel Serrat.

Helena, mientras tanto, se quedaba encerrada en su cuarto. Jugaba a las muñecas y hacía dibujos muy coloridos que dedicaba a su madre. Eran garabatos y canciones escritas con Plastidecor, cuyas letras se salían de las líneas dobles de los cuadernos anillados. Tras comprobar que no tuvieran faltas de ortografía, arrancaba las hojas y las doblaba en forma de aviones puntiagudos, para lanzarlas por la ventana de su cuarto antes de acostarse.

Habían pasado algunos meses desde el accidente de Fernanda, cuando una noche su padre salió a fumar al patio trasero de la casa y se encontró enredado en las ramas del limonero un avión de papel en cuyas alas podía leerse «te echo de menos», «vuelve», «creo que papá también se va a morir». Amador apoyó el pitillo en el alféizar e hizo pedazos el dibujo. Desde entonces, Helena no volvió a escribir cartas de amor a su madre, ni tampoco a hacer preguntas sobre cómo fue su vida en Colombia, antes de conocerlo.

Todos los vestidos y zapatos de su madre acabaron en cajas para donar a Cáritas o en maletas polvorientas en el desván. Donde antes estaban sus libros, ahora había un mapa antiguo del parque natural del cabo de Gata. Donde antes estaba el tocador de su cuarto, ahora había una vitrina con las armas de caza que Amador coleccionaba. Poco a poco, la casa se fue apagando. Lo único que Helena pudo conservar de su madre fueron unos pendientes dorados con forma de cruz, un gran pañuelo de color azul que había llevado en su boda la bisabuela Zurita y cuatro discos de vallenatos tristes que a veces ponía muy bajito cuando su padre estaba en el patio o dormía la siesta.

La tarde en que Amador murió, casi ocho años después, Helena volvió a entregarse a aquel ritual, y en lugar de asistir a su funeral prefirió quedarse tumbada en el suelo de su habitación, escuchando aquellos discos de principio a fin.

Huérfana dos veces, conocía perfectamente el sentimiento de pérdida. Había aprendido a evitar los pinchazos del duelo. A alejarlos. A repudiarlos. Pero el aleteo que le invadió aquella tarde de marzo era distinto.

Sentada en la terraza de un restaurante asiático del Paral·lel, se esforzó en imaginar algo que pudiera liberarla del miedo, pero en su cabeza sólo retumbaba el nombre de Roberto. Primero pensó en hacer un dibujito en una servilleta de papel que luego convertiría en avión y lanzaría al aire. Más tarde, que debería emborracharse y salir a bailar merengue con un hombre bello y desconocido. Luego pensó en hacer la maleta, regresar a Alcalá de Henares después de tantos años y acercarse por primera vez a un cadáver para pegarle un puñetazo a la cara muerta de Roberto. En realidad, le apetecía hacer las tres cosas. De hecho, iba a hacerlas.

Sonrió. Se secó las lágrimas y puso toda su atención en el tráfico de la avenida. El camarero se aproximó finalmente y le preguntó qué tomaría. Aunque no tenía hambre, Helena ojeó la carta de ramen y pidió una tapa de edamame trufado y un vino blanco seco.

Mientras esperaba su primera dosis de alcohol del día, decidió que era el momento de desbloquear el teléfono y terminar de leer las palabras de Rocío: «roberto ha fallecido esta mañana en el hospital de alcalá tenía cáncer de pulmón. el velatorio es mañana en el tanatorio cisneros, sus antiguos alumnos estamos organizándonos para asistir en grupo y llevar flores. helena, hace siglos que no hablamos, pero, por favor, si lees esto, al menos respóndeme. abrazos desde el val».

Se llenó la boca de habas de soja y las masticó sin quitarles la piel. Como no era capaz de tragar, escupió la masa verde en una servilleta de papel que robó de la mesa contigua. Pegó un largo trago al verdejo y se enjuagó con él.

Caía la noche en Barcelona cuando dejó un billete de veinte euros sobre la mesa y abandonó el restaurante con las mejillas incendiadas por el alcohol y el llanto.

Ni siquiera estaba borracha, pero le costaba caminar en línea recta. Tampoco estaba mareada, pero en su campo de visión los transeúntes daban vueltas. Sólo quería llegar a casa, subir al tercero sin ascensor donde compartía la vida con Seb y abalanzarse sobre el portátil para comprar un billete de tren que la llevara hasta Roberto.

3

El juego de llaves de Sébastien sonó al otro lado de la puerta.

—¿Qué haces? —preguntó con su acento de Marsella cuando vio que Helena estaba en mitad del salón planchando sus vestidos más elegantes—, ¿te vas a algún lado?

—Mañana, a las seis.

—¿Adónde?

—A Madrid, un par de días.

—¿Por trabajo?

—Claro, sí, tú qué crees.

Aunque la mentira tuviera sentido, Helena no pudo evitar el enfado de Seb. Le dijo que estaba harto, que su jefe estaba empezando a abusar de ella, que ya ni la veía por casa.

—Y además mañana teníamos concierto. ¿Tengo que ir solo?

—Lo siento, Seb. Ve tú y luego mándame vídeos para darme envidia.

Sébastien entró en la cocina y refunfuñó otra vez cuando vio que la última botella de Epicurus que quedaba en la vinoteca estaba abierta y calentándose sobre la encimera. Ella se acercó y llenó dos copas de su nuevo vino favorito, a las que los dos dieron un trago largo, casi al unísono.

—Me voy a la cama —anunció él.

—Pero si son sólo las nueve...

Seb se encerró en el dormitorio y el apartamento se quedó en silencio. Ella siguió preparando la maleta, más bien una mochila de viaje. Metió un par de bragas de colores pálidos, y otro par de medias un poco más gruesas por si en Madrid hacía más frío. Metió dos vestidos de manga larga recién planchados, una libreta estampada en flores y un sacacorchos.

En la habitación contigua, Sébastien comenzó a roncar. Helena fue hasta la cocina y se sirvió la cuarta copa de vino de la noche. Hasta entonces había evitado llorar porque no quería que Seb le hiciera más preguntas, pero ahora el sabor del vino precipitaba otra vez las lágrimas.

Pensó en contestar el mensaje de Rocío; en vez de eso, se quitó los botines y el jersey y se metió en la cama.

Sébastien estaba tumbado en posición fetal y de cuando en cuando su respiración se paraba y luego emitía un gruñido.

El cuerpo de él descansaba en el borde opuesto del colchón, a una distancia calculada con frialdad, que a ella le parecía demasiado amplia, casi kilométrica.

Llevaban semanas, incluso meses, sin abrazarse, pero había algo en aquel rechazo que le causaba placer. La furia de Sébastien le parecía sexi: su rostro abatido, sus puños apretados haciendo fuerza contra la encimera de la cocina, su frustración, su pecho agitado. A veces, mientras discutían por cualquier cosa, Helena deseaba detener la escena, desnudarse allí mismo y arremeter contra su reticente cuerpo.

Cuanto menos la deseaba él, más le deseaba ella.

Cuanto más enfadado parecía él, más extasiada ella.

Desde el otro lado del colchón, empezó a olisquear los almohadones en busca de su perfume y poco a poco fue calmándose. Ya casi entraba en el sueño cuando recordó que su móvil se había quedado sin batería. ¿Dónde había puesto el cargador? Se levantó de la cama intentando no hacer ruido, pero tropezó con una zapatilla y despertó a Seb, que se limitó a taparse con el edredón hasta las orejas.

Helena enchufó el cargador a la corriente, y la pantalla del teléfono se llenó de notificaciones de sus redes sociales y de correos electrónicos de Eudald. Contestó uno de ellos, advirtiendo a su jefe de que por problemas personales no podía ir a la oficina al día siguiente. Luego empezó otro a Rocío en el que anunciaba «estoy viva, sí. Te veré allí», que nunca envió. En su lugar, desvelada, tecleó en Google el nombre de Roberto Díaz Díaz, pero ni siquiera los medios locales habían dado la noticia de su muerte, y en las redes, con ese nombre, lo único que aparecía era un perfil de Facebook inactivo con la foto de un joven pelirrojo que claramente no era él, y una cuenta de Twitter de un jugador de tenis argentino.

Se acordó de que le encantaba presumir de tener un nombre tan común. Para él eso era sinónimo de ser irrastreable e impredecible. Algo parecido al anonimato, un resquicio de libertad. Continuó buscándolo, pero sólo encontró artículos académicos sobre estudios cervantinos que ya había leído antes, posts sobre educación secundaria en un blog de las Mareas Verdes y páginas del BOE en las que su nombre era una simple cifra. Incluso muerto, Roberto seguía siendo un secreto.

Acabó la botella de Epicurus y se acordó de lo malo que estaba el vino que había tragado con prisa en el asiático en comparación con la textura rugosa y salada de las pieles de edamame al chuparlas. Se olió los dedos y comprobó que conservaba restos de aroma a trufa entre las uñas. Se tumbó en el sofá con el índice salado metido casi hasta la campanilla.

Pensó en hacer algo mejor con él. Ni siquiera le quedaban fuerzas.

4

Se le había olvidado activar la alarma, pero la ansiedad la despertó a tiempo para darse una ducha, ponerse el único vestido negro que tenía en el armario, salir de casa sin peinar y con la cabeza aún empapada, y buscar un taxi que la llevara hasta la estación de Sants.

Nada más subir al AVE, se acomodó en un taburete del vagón-cafetería y pidió una botellita de vino blanco y dos dónuts de azúcar. Para ella, un viaje en tren no era lo mismo si no podía disfrutar de la bollería industrial que se vende a bordo. Lo que pasa en la cafetería del tren se queda en la cafetería del tren, le dijo al camarero, mientras las preguntas se iban acumulando en su cabeza.

¿Y cómo es un velatorio?

¿Qué hay en esa sala donde descansa el cuerpo?

¿Cómo despedirse de él de una manera íntima?

¿Me he lavado los dientes antes de salir de casa?

¿Huelo demasiado a vino?

¿Y este pelo?

¿Venderán peines en alguna tienda de Atocha?

¿Se notará mucho este enredón?

¿Por qué no me habré peinado antes de salir de casa?

¿Rocío tendrá un peine para dejarme?

¿Me puedo peinar en un tanatorio?

¿Los muertos huelen a pelo quemado?

Y a los que entierran, ¿les sigue creciendo el pelo?

¿Roberto seguirá teniendo pelo a pesar del cáncer?

¿Cómo será ahora su pelo?

¿Por qué el cáncer acaba con el pelo de los enfermos?

¿Peinan a los muertos antes de meterlos en el horno?

Y al arder, ¿huelen a pelo?

¿Los tumores tienen pelo?

¿Y si mi enredón es un tumor?

¿Y si el enredón crece y me mata?

¿Por qué no soy capaz de desenredarlo?

¿Notará la mujer de al lado que estoy intentando arrancarme un nudo de la cabeza?

¿Fingirá que está leyendo su revista de celebridades para no mirar cómo me lo extirpo?

¿Notará que huelo a vino?

¿En un velatorio se puede beber vino?

¿Estoy borracha?

¿He bebido tanto que ya no me emborracho?

¿Y si vuelvo a la cafetería y me tomo un dónut?

¿Cómo puede gustarme tanto lo que en realidad odio?

¿Por qué Seb no me ha escrito?

¿Se habrá despertado ya?

¿Tendrá él mi peine?

¿Por qué sólo tenemos un peine en casa?

¿Le escribo para preguntárselo?

¿Cuánto queda para llegar?

¿Qué hago cuando llegue?

¿Y si se me saltan las lágrimas y no puedo hablar?

¿Por qué no estoy llorando ahora?

¿Por qué iba a llorar por Roberto?

¿Por qué estoy llorando ahora?

Cuando yo me muera, ¿quién llorará?

¿Seguiré con este nudo en la cabeza?

¿Me lo arrancarán?

¿Me lo quemarán?

¿Se convertirá en ceniza?

¿Me sobrevivirá?

En el asiento 4A del coche 8, Helena miraba por la ventanilla y acariciaba con dedos torpes el bulto que finalmente se había trasladado desde la boca del estómago hasta su largo cabello negro.

5

Uno de los recuerdos más nítidos que conservaba de su madre tenía que ver con el cabello. Ocurrió durante la última Navidad que pasaron juntas. Su habitación de niña estaba llena de Nancys a las que Fernanda y ella vestían y peinaban. Había algo mágico en aquel momento. Su madre trabajaba tanto que rara era la vez en que las dos podían compartir juegos y confidencias. Mientras adornaba el pelo de una de las muñecas con una enorme trenza, Fernanda le reveló que mucho antes de conocer a Amador y dedicarse a la hostelería, soñaba con abrir un centro de estética. Había un local cerca de la plaza de Cervantes, un local pequeño e insulso, en mitad de una calle. Cada vez que pasaba por allí con el autobús, Fernanda imaginaba la reforma: los sillones de cuero rosa, una gran pared de espejos, la salita de espera con una biblioteca llena de revistas de moda, un hilo musical con vallenatos…

Su madre se lo contaba con los ojos aguados y Helena, asustada por verla a punto de llorar, le pidió que le cortara de una vez el cabello a la muñeca. Fernanda obedeció, y tras el sonido metálico de las tijeras de cocina, el pelo de la Nancy pelirroja cayó con suavidad al suelo de su habitación. Mientras ella se deshacía de los restos de plástico por el inodoro, su madre se ausentó unos minutos para buscar en el desván algunos viejos manuales de moda que había comprado años antes en Madrid. Eran álbumes repletos de imágenes con vestidos y peinados que a ella le parecían anticuados pero que su madre miraba con admiración. Uno de los manuales se llamaba *Elegancia masculina* y sólo tenía fotografías de hombres trajeados. Fernanda señaló una con el dedo: aquella melena era la que llevaba Amador cuando se conocieron. Ninguna de las dos pudo evitar reírse porque desde que Helena tenía uso de razón su padre siempre había llevado un aspecto muy distinto. Un peinado sobrio, de corte militar, acorde con su personalidad arisca.

Aquella tarde, Helena estaba tan concentrada en sus muñecas nuevas que no se le ocurrió preguntar a Fernanda por qué se enamoró de un hombre tan serio y aburrido. Ni por qué decidió cambiar Colombia por Madrid. Ni tampoco por qué dejó de perseguir su sueño de ser peluquera.

Pero lo que más le importaba ahora de aquel recuerdo no era el sueño de su madre, sino aquel manual de *Elegancia masculina*. Todo lo que luego tendría que ver con su definición de la masculinidad venía de aquellas descoloridas imágenes. Lo primero en lo que Helena se fijaba de un hombre siempre era su pelo: el cabello rubio de Toñín, un niño que le gustaba en primaria, terminaba en una ondulación que le hacía parecer un querubín de la capilla Sixtina.

Roger, su amante fugaz del último año de universidad, llevaba una cabellera de color marrón claro, cuyas puntas rematadas por pequeños destellos rubios le caían por los hombros.

Y luego estaba Sébastien, con ese corte extraño, que le hacía pensar algunas veces en Chandler Bing durante la primera temporada de *Friends*, otras en la cabeza perfecta del primer ministro de Canadá y otras en la maraña despreocupada del cantautor Arthur Teboul.

La melena más bonita que Helena había visto en toda su vida, sin embargo, era la de Roberto: una masa uniforme, castaña, algo revuelta, con la longitud perfecta, ni corta ni larga, y con el volumen preciso para no saber si se había peinado. Helena sabía que sería imposible volver a encontrar un pelo parecido al de Roberto entre todos los pelos que existen en el universo. Había amado su pelo más que sus manos. Había amado su pelo todavía más que su voz. De pronto, temió que esa belleza acabara muriendo también en su recuerdo. Se recostó en el asiento, cerró los ojos, y deseó soñar con un largo viaje al pasado a través de su cabello.

6

Helena llevaba puesto un vestido violeta que la abuela Antonia le había comprado para la fiesta de fin de curso que se celebraría esa misma noche en una sala de fiestas del centro. Después de dos semanas vistiendo de negro, aquel color impactaba en su piel casi con violencia. Era la última tarde de clase en el instituto Complutense. Esa mañana se habían entregado las notas, y al contrario que el resto de las familias, la suya no asistió a la tutoría con Roberto.

Amador llevaba quince días enterrado y Helena aún no había ido a visitar la tumba que su padre compartía con Fernanda. No fue a despedirse de Rocío cuando supo que el siguiente curso lo empezaría desde la casa de sus abuelos en Almería. No fue a la biblioteca a devolver la pila de libros que había acumulado en la mesilla. Durante semanas se quedó ahí, encerrada en su habitación, leyendo mientras Antonia lo empaquetaba todo y el abuelo Paco ponía la casa en venta.

Esa tarde de junio llovía en Alcalá, y Helena, con su vestido violeta y sin paraguas, salió por fin del chalet rumbo al instituto. Sabía que el profesor de Literatura estaría aún en el departamento de Lengua, así que caminó durante veinte minutos bajo la lluvia estival. Podría haberse arrepentido. Podría haberse dado la vuelta y olvidarlo todo. En pocos días se mudaría. En pocos meses empezaría el bachillerato en otra ciudad. En pocos años heredaría el dinero de sus padres y tendría suficiente para comenzar de cero en algún lugar lejano a todo lo que odiaba. Pero eso sería en otro tiempo, en otra vida. En esta, Helena cruzó la verja roja y caminó por el patio embarrado.

Empapada, accedió al Complutense y recorrió el primer pasillo de la cantina. Dejó atrás las taquillas vacías. Enfiló las escaleras y miró de reojo las aulas cerradas. El edificio olía a lejía. Subió a la segunda planta, dobló la esquina y se plantó frente al despacho de Roberto. Llamó tres veces a la puerta y, aunque no hubo respuesta, giró el pomo y entró.

Al verla, el profesor se quitó los cascos del discman. Su cabello estaba húmedo y Helena pensó en lo agradable que sería acercarse a olerlo. Él se levantó, con los ojos muy abiertos. Ella alzó una mano, como si estuviera regañando a un perro. Roberto se quedó quieto. De las puntas de su pelo pendían diminutas gotas, flechas a punto de salir disparadas para acribillarla. Mientras admiraba la ondulación del flequillo mojado de su profesor, pronunció unas palabras que parecían llevar siglos gestándose en sus entrañas.

—Eres un puto cabrón. Te juro que me voy a vengar.

7

¿Cuánto tiempo estuvo en duermevela? Acurrucada contra la gran ventana del vagón, se había dejado mecer por el lento abanicar de las páginas de la revista de su compañera, por el llanto de un bebé en el vagón contiguo, por el olor a cruasán recalentado del carrito de la cafetería. Por un momento, ni siquiera recordó qué hacía en aquel tren. Se tocó el nudo del pelo para cerciorarse de que todo, incluso lo malo, continuaba en su sitio.

Entraban en la dársena. El frío cortante de la meseta y la suave melodía de Renfe en los altavoces le confirmaron que ya estaba en Atocha.

Hacía mucho que no pisaba Madrid. Si alguna vez lo hacía, era fugazmente y por trabajo. Odiaba aquella ciudad. Lo odiaba todo excepto el olor a churros recién hechos de las cafeterías de la estación. Al cruzar el vestíbulo, pensó en quedarse allí y en darse un banquete de chocolate caliente y masa de harina frita. No lo hizo: consiguió convencerse de que cuanto antes llegara al tanatorio, antes podría regresar a casa.

Tuvo que esperar casi veinte minutos en la cola de los taxis, lo suficiente para lamentar no haberse puesto unos leotardos más gruesos o no haber comprado un peine en la tienda de recuerdos de la estación. Se sentía sucia, cansada y angustiada. De pronto lo recordó: había soñado otra vez con el suicidio de su padre. Otra vez, con sus sesos desparramados por el suelo del restaurante. Estaban calientes. Olían a fritura y al cocido familiar de los domingos.

Por fin la fila avanzó y llegó su turno.

—¿Me podría llevar hasta Alcalá de Henares? —preguntó a su taxista, una mujer latina de mediana edad, con un rosario granate y roído anudado al volante—. ¿Por cuánto me saldrá?

—Por unos cuarenta o cincuenta euros, dependiendo del tráfico.

—Me parece bien. Necesito que me deje…, a ver que lo mire en el móvil… En el tanatorio Cisneros.

A Helena no le importó que, nada más arrancar, la conductora sintonizara una radio católica como hilo musical. De hecho, la voz honda de aquel hombre la tranquilizaba. A la altura de Vallecas, el locutor se quedó callado y una especie de música country con mensajes divinos empezó a retumbar en el altavoz. La vibración de las guitarras le hizo recordar aquella carrera en taxi que hizo algunos años atrás con Sébastien en Bogotá, adonde habían viajado para conocer un poco más del país que vio crecer a su madre. Pidieron un Uber desde el centro histórico hasta Chapinero porque en la recepción del hotel les advirtieron de que nunca debían fiarse de otros transportes callejeros. En el coche sonaba «Chantaje». Cada vez que la voz de Shakira se desvanecía entre los cláxones de los atascos bogotanos, el taxista repetía la canción desde el principio. Cuando a la cuarta repetición le pidieron amablemente que bajara el volumen, el tipo se molestó tanto que les hizo bajarse del vehículo, dejándolos tirados en mitad de un barrio residencial de edificios altísimos y aspecto deshabitado. Era de noche y Helena sintió miedo.

Camino del tanatorio, las palabras suaves de la cantante de country la hicieron sentir un poco más segura, como si estuviera en su habitación de la infancia. Se acurrucó en el asiento y cerró los ojos para no ver ese paisaje plagado de naves industriales.

—Ay, niña, ¿está muy cansada? ¿Quiere que quite la música? —dijo la conductora.

—No se preocupe, así está bien.

—De acuerdo. Lo siento mucho, ¿eh?

—¿Por qué?

—Pues por su pérdida.

—No... —susurró Helena—. Yo no he perdido nada.

8

—¿Helena Rodríguez Zurita?

—¡Presente!

—Qué curioso, Zurita.

—¿Qué pasa?

—Hasta ahora sólo sabía de dos personas que se apellidaran así: Mercedes y Raúl. ¿Los conoces?

—Pues no…

—Ya los conocerás. De hecho, ya los conoceréis todos. Los leeremos en clase. Mercedes Zurita fue una autora española que escribió novelas juveniles. Raúl Zurita es el mejor escritor latinoamericano vivo. El más grande de nuestros días.

—Pues no tienen nada que ver conmigo.

—Tal vez sólo es cuestión de tiempo.

—¿A qué se refiere?

—Todos los Zurita que conozco son escritores. Tú podrías acabar siéndolo. Y, por favor, en clase podéis tutearme.

—Te equivocas, no leo ni escribo. No me gusta.

—Yo puedo hacer que eso cambie.

—¡Profe! —gritó otra chica desde la tercera fila—, ¿es que no vas a seguir pasando lista?

9

El taxi se detuvo en la puerta del tanatorio Cisneros y la conductora apagó la radio, dejando el estribillo a media estrofa. Era algo sobre «la bondad infinita de María», que había tomado el relevo en el dial a «Jesús y su corazón ardiente». A Helena le había extrañado saberse alguno de los versos. Seguían dando vueltas en su cabeza mientras, aún dentro del coche, admiró la enorme cruz metálica que presidía el edificio, con los brazos oxidados y salpicaduras de excrementos de palomas. Todo el lugar lucía igual de tétrico: un polígono industrial rodeado de talleres grises y solares llenos de escombros.

Si los humanos éramos capaces de pasar horas buscando un Airbnb que cumpliera las expectativas estéticas de nuestras redes sociales, ¿por qué luego dejábamos a nuestros muertos en escenarios tan feos? ¿Los cuerpos sin vida de Fernanda y Amador habrían acabado también en un sitio como ese? ¿Por qué aceptamos un local repleto de cruces comidas por el óxido y con las cristaleras sucias? Debería existir una app para elegir el lugar en el que otros velarían por sus restos. Un Tinder funerario con el que dejarlo todo bien atado, antes de irse para siempre. Aunque, en cierto modo, estar en aquel tanatorio horrible también era una venganza. En su imaginación, Helena era ahora una niña de siete años, vestida con una ropa fina y oscura, con esos zapatos de charol negro que sus abuelos de Almería le regalaron para ir a misa.

Por primera vez en su vida, conocería la muerte. Por primera vez en su vida, sería libre de decidir si quería rezar o no. Si quería ser buena o no. Si quería llorar.

—Cuarenta y ocho cincuenta.

La voz de la taxista la sacó de sus pensamientos. Mirándose en la pantalla del móvil con la cámara frontal encendida, Helena se enjugó las lágrimas, se pintó los labios de rojo y se ajustó el vestido negro. Pidió una tarjeta de contacto, pagó la carrera y bajó del taxi tratando de no pisar los charcos de la acera, como si en vez de botines de medio tacón llevara zapatitos de misa, o como si su cuerpo fuera el de una niña huérfana atrapada entre los huesos de una mujer de treinta.

10

—¿Helena Rodríguez Zurita? —preguntó una voz que reconoció enseguida.

—Presente —respondió ella, alzando la mano.

—¡No me lo puedo creer!

Rocío estaba ahí, a escasos metros, con el mismo aspecto de
hacía quince años y los ojos acuosos. Estaba conteniendo las lágrimas, y aun así tenía el mismo rostro amable y sosegado que en el
instituto. Llevaba el pelo recogido en una larga trenza como la que
se solía amarrar de adolescente. Antes ese peinado la hacía parecer
aún más niña, ahora le quedaba elegante. Sobre los hombros, una
capa de color granate que le cubría el cuerpo hasta casi las rodillas.
Cuando Helena se acercó para darle un abrazo, notó que bajo la
capa escondía una enorme barriga.

—Uy, perdona. Ya debes de estar a punto… ¿Por qué no me
había enterado?

—Quise escribirte por Facebook, pero ni siquiera sabía si te
acordarías de mí. —Rocío se encogió de hombros y evitó que sus
miradas se encontraran.

—¿Cómo no iba a acordarme? Es una noticia estupenda. Me
alegro muchísimo.

—Y yo me alegro de que hayas venido. No me contestaste al mensaje y pensé que no aparecerías. Eres como un fantasma.

Helena tomó aire. No estaba segura de si aquel tono de voz expresaba tristeza o emoción.

—Lo siento mucho, cuando me escribiste, bueno... Ya te puedes imaginar... Luego se me hizo tarde.

—Sólo tenías que poner un mensajito de nada.

—Ya te he dicho que lo siento... Lo que importa es que ya estoy aquí. Que estamos aquí.

Rocío sonrió y Helena volvió a darle un abrazo, aunque esta vez con más cuidado, mientras notaba la presión en el estómago de lo que parecía una pelota de baloncesto, pero más dura y más voluminosa.

Que en ese abrazo hubiera en realidad tres personas le hizo sentir cariño y envidia al mismo tiempo. Rocío desprendía un perfume como de fruta madura y Helena pensó que ese debía de ser el olor exacto de la maternidad. Una mezcla de melocotón y frutos rojos. Una mezcla de recuerdos y de hormonas a punto de estallar. Aunque ahora le resultara completamente ajeno, aquel olor también tenía algo que la hacía regresar a otra época. Fue entonces cuando se dio cuenta:

—No me puedo creer que lleves toda la vida poniéndote el mismo perfume —dijo al separarse. Era el mismo que Rocío llevaba en el instituto y que en más de una ocasión habían compartido en las duchas de después de gimnasia o cuando se quedaba a dormir en su casa—. Olerte es como viajar al pasado.

—Y yo no me puedo creer que tú huelas a alcohol a estas horas de la mañana.

—Tenía que aplacar los nervios. Pero aquí me tienes, temblando y avergonzada por no haber traído algo para el bebé...

Rocío se tocó la panza con suavidad.

—Es una niña. ¿Y sabes cómo se va a llamar?

—Dime.

—Como tú.

—¿En serio?

—En realidad es Elena, sin hache.

Rocío se volvió a tocar la tripa, esta vez con más fuerza. Parecía que tuviera miedo de que la niña fuera a escaparse corriendo. Luego volvió a mirar fijamente a los ojos de Helena, con el gesto altivo de esas mujeres que aparecen en las fotografías de los marcos en las tiendas de todo a un euro.

—Está bien que le quites la hache. Así no se enfadará cuando escriban mal su nombre en Starbucks… Y así no se parece a mí.

—En eso estoy de acuerdo —soltó con una sonrisa socarrona—. No quiero una hija alcohólica o fantasmal.

Helena desvió la mirada hacia la entrada del tanatorio. Se tocó el cabello y giró ligeramente la cabeza para comprobar si de verdad olía tanto a vino.

—¿Quieres que te preste un poco de colonia? —se percató Rocío.

—¿Llevas colonia en el bolso?

—Llevo todo lo necesario para sobrevivir y para salvar a los demás, ya lo sabes.

—¿Y no llevarías un peine para dejarme?

—Pues no me he traído un peine a un funeral, no.

—¿Peine no, pero el puto frasco de colonia de moras sí?

—En realidad no hueles tanto a alcohol. Lo que pasa es que desde que estoy embarazada se me ha aguzado el olfato. Podría decirte lo que ha desayunado esta mañana cada una de las personas que fuman aquí fuera sólo con olisquearlos un poco.

—Vaya superpoder.

—Sí, imagínate, llevo desde el primer mes con unas náuseas terribles. Ni siquiera la medicación me las corta. Por eso sabía que iba a ser una niña. Son las que más náuseas provocan.

—Te ha sentado bien el embarazo, tienes superolfato y además ves el futuro.

—Qué va. Lo que puedo ver con claridad es el pasado. Me acuerdo de muchas cosas que ocurrieron en mi vida en las que llevaba siglos sin pensar. Olores, sonidos…, hasta conversaciones enteras.

—Qué miedo.

—Deberías tenerlo. De ti me acuerdo mucho. Ahora estaba pensando en tu primera borrachera.

—Yo ni siquiera la recuerdo.

—Vomitaste y nos asustamos porque parecía que te salía sangre de la boca. Pero sólo era calimocho.

—Cierto. Desde entonces no bebo tinto.

—Luego te llevé a casa en un taxi que nos quería cobrar de más porque decía que le habías manchado el asiento.

—Típico.

—Luego te lavé el pelo y te quedaste dormida con la cabeza sobre el lavabo.

—No insistas, no me acuerdo de nada de eso.

—Luego mi madre llamó a tu padre para decirle que te quedarías a dormir en casa y él se enfadó un poco…, pero al final cedió.

—¿Ahí termina la historia?

—Luego nos acurrucamos juntas bajo las mantas del sofá cama del salón, y me confesaste que te habías enamorado. Me inquieté porque pensé que ibas a decir que de mí. Pero te habías enamorado de Roberto.

11

—¿Te ha molestado que te lo recuerde?

—No, no te preocupes. Es que no recordaba nada de eso. Ojalá nos hubiéramos encontrado en otro sitio para charlar tranquilas. Ahora mismo no sé cómo sentirme con todo lo que está pasando.

—Sí. Yo también me arrepiento de no haber hablado contigo en tantos años. Cuando me casé pensé en llamarte. Con el embarazo te busqué en Facebook, pero tu perfil estaba tan dejado… Y cuando me enteré de la enfermedad de Roberto busqué tu nombre en Instagram y vi que estabas de viaje en Marsella con un chico. No me atreví a importunar.

—¿Con Sébastien? ¿En Marsella?

—Sí, creo que era Marsella, o quizá era Niza.

—Pero si de ese viaje hace más de seis meses…

—Creo que sí, sí.

—¿Y en seis meses no has sido capaz de avisarme de que Roberto tenía cáncer?

—Recuerda que eres tú la que dejó de llamarme y de escribirme cuando te mudaste a casa de tus abuelos. Y en Barcelona…, ahí ya sí que te perdí la pista. Además, imaginé que te acabarías enterando por tus propios medios, o incluso que Roberto te llamaría.

Yo qué sé, teníais una relación muy rara. No quería meterme en lo que no debía.

—Podría haberme despedido de él.

—¿De verdad? No lo creo. Verle así te habría destrozado.

—¿Tú llegaste a verlo?

—No. Pero alguien que conozco lo vio demacrado. Una vez salió de casa en pantuflas. Me contó que estaba como ido. Que a menudo intentaba escaparse de casa, pero estaba demasiado débil para llegar más allá de dos calles. Es lo que pasa en la fase de los opiáceos. El cáncer les duele menos, pero el cerebro deja de funcionar.

—¿Nadie cuidaba de él?

—Su mujer. Y nadie más.

—Joder, su mujer...

—¿Qué pasa con ella?

—¿Crees que estará aquí?

—Es el velatorio de su marido, lo raro sería que no estuviera.

Antes de que a Helena le diera tiempo de trazar un plan de fuga, un grupo de antiguos compañeros empezó a subir las escaleras de entrada al edificio. Algunos saludaron a Rocío y ella los siguió hasta la puerta, mientras hacía una señal a Helena con la mano para que los acompañara. Parecía que allí nadie más la recordaba.

En la recepción, una pantalla indicaba las salas asignadas a los difuntos. La disposición de los nombres, escritos en negro sobre un fondo blanco y brillante, recordaba a una cartelera de cine. Y allí estaba la película que ellas habían venido a ver, la de Roberto Díaz Díaz. ¿Sería una película mejor que la de los otros muertos?

En la sala del velatorio también había rostros conocidos. Algunos profesores del instituto estaban esperando para dar el pésame a la familia de Roberto. Helena miró al fondo de la habitación, buscando el rastro de la viuda, pero no dio con él ni en los sofás, ni junto al féretro, ni tampoco en las mesas de coronas de flores donde se agrupaban los alumnos. Finalmente, detuvo la mirada en el cuerpo de una niña de zapatos negros que hacía volar con la mano un avioncito de papel. Le hubiera gustado ir junto a ella y sacar el cuaderno que llevaba en la bolsa de viaje para dibujar cosas tristes a su lado. Mientras se dirigía hasta el ataúd, reparó en que quizá ellas fueran las únicas de todo el tanatorio que por primera vez en sus vidas estaban a punto de averiguar a qué se parecía el rostro de la muerte.

12

—«Vendrá la muerte y tendrá tus ojos.» ¿Qué quiere decir para vosotros ese verso?

—Que la muerte tiene ojos bonitos —respondió Mar.

—Que la mujer del poeta ha muerto —dijo Carlos.

—Que la muerte le ha arrancado los ojos a alguien y los lleva colgados en la mano. —Miguel se puso de pie e imitó a la parca.

Todos los adolescentes se rieron; Roberto lo ignoró, se acercó a la primera fila y dejó el libro sobre el pupitre de Helena.

—Lee esto —le ordenó.

—«Vendrá la muerte y tendrá tus ojos —dijo despacio—; esta muerte que nos acompaña de la mañana a la noche, insomne, sorda, como un viejo remordimiento o un absurdo defecto.»

—Bien. —Roberto apoyó inesperadamente la mano sobre su hombro—. ¿Ahora qué os parece que significa?

—¿Algo así como que el que lo ha escrito ama la muerte? —arriesgó Rocío desde el pupitre contiguo.

Roberto asintió.

—Creo que sí. Creo que el autor de este poema que acabáis de escuchar ama la muerte. La desea, aunque la tema. Es muy común que los poetas la invoquen. Para ellos la muerte es sinónimo de belleza. Llaman a su puerta porque así dejarán de temerla.

—Pues a mí me parece horrible… y mentira —protestó Helena mientras devolvía el libro al profesor—. Mi madre murió y sé lo que es eso. No es nada bonito. Estoy segura de que los ojos de la muerte están vacíos.

13

Eso era todo. Una pared forrada de corcho marrón. Jarrones de porcelana repletos de flores blancas con pétalos falsos. Cuatro sillones color naranja de una tela áspera. Y una habitación cerrada con un muro de cristal, en cuyo interior descansaba la caja que contenía el cadáver de Roberto.

Aquella estampa no se parecía en nada a los cuentos de hadas en los que las princesas yacían en féretros abandonados en mitad de la maleza viva. Helena se acordó de una versión en blanco y negro de *Blancanieves* que había visto entre las cosas de su madre. La princesa, envenenada y muerta sobre un lecho de rosas cuajadas de rocío. Los animales la veneraban y el sol brillaba sobre su pálido cuerpo, hasta que un apuesto príncipe de capa azul se acercaba a ella y le devolvía la vida con un beso. Pero allí no había rosas húmedas, ni haces de luz. Tampoco animalillos, ni arbustos olorosos, ni era posible inclinarse sobre Roberto para traerlo de vuelta.

Más que a *Blancanieves*, aquella tétrica fiesta se parecía al relato de *El libro de Monelle* en el que, tendida en la cama y rodeada de niños y juguetes, la cerillera Louise se marchaba para siempre después de que el frío y la enfermedad penetrasen en sus pulmones. Le gustaba mucho ese libro de Marcel Schwob. Lo había leído unas diez veces desde que lo descubrió. La última fue durante el viaje a Niza con Sébastien. Habían ido para conocer a sus abuelos y también para que ella pudiera escribir una guía gastronómica para millennials que viajaban a la Costa Azul. Encontró una edición de bolsillo en la librería Apollinaire y tuvo que llevársela. No entendía suficiente francés para seguir la lectura, aunque se sabía de memoria algunos fragmentos de la versión en castellano. En la playa Beau Rivage, pidió a Seb que leyera un fragmento. Lo tradujo para sus adentros.

En el tanatorio Cisneros no había mar. Ni un séquito de niños huérfanos. Ni juguetes.

Había una pared forrada de corcho.

Un muro de cristal.

Un jarrón con flores falsas.

Y un muerto.

Eso era todo.

Helena miró el rostro hinchado de ese hombre al que tantas veces vio respirar. Por el que tantas veces tembló de placer. Ahora había algo ficticio en sus facciones. Algo increíblemente brillante, como un barniz o un maquillaje exagerado que lo convertía en una estatua antigua, de esas a las que el viento descascarilla como un esmalte. La imagen vulnerable y patética de Roberto en su ataúd le parecía tan irreal que no podía ser él. Le habían mentido. Dónde estaban las cámaras ocultas. Venga, salid, esto no es gracioso, pensó. A su alrededor nadie se inmutaba. Ni siquiera Rocío o la niña de zapatos negros.

¿Así que eso era morirse?

¿De verdad que eso era todo?

Pómulos hundidos. Labios del color de una pechuga de pollo recién sacada de la cámara frigorífica. La piel tersa. El gesto ausente.

La cabeza rapada como un soldado. Las cejas teñidas de gris. El traje negro, impoluto.

Un saco de tumores y de huesos.

Los despojos de Roberto no tenían nada que ver con él. No había rastro de su nariz alargada. Ni de sus ojos oscuros. Ni de su preciosa melena castaña. Ni tampoco de su voz severa con la que nunca volvería a discutir y a la que ya no escucharía recitar poemas de amor.

14

Venga, haz memoria.

¿Cuándo fue la última vez que escuchaste su voz sin odiarla?

¿Cuándo fue la última vez que miraste su rostro sin enfadarte?

¿Cuándo fue la última vez que sentiste que estabas enamorada de él?

No sé.

La última vez que escuché su voz sin odiarla podría ser aquel día de abril en que no había clase de gimnasia, me lo encontré saliendo de la sala de profesores y me susurró al oído que ese chándal violeta me hacía muy guapa.

Qué idiota sería dejar de odiar a alguien porque te llame guapa.

La última vez que miré su rostro sin enfadarme podría ser aquel día de mayo en el que me dijo que iba a escribir nuestra historia para que el mundo pudiera recordarnos siempre.

Qué idiota sería obligar al mundo a recordarnos si ni siquiera nosotros volveríamos a mirarnos a los ojos.

La última vez que sentí que estaba enamorada de él. ¿Cuándo fue la última vez que sentí que estaba enamorada?

Quizá nunca lo estuve.

¿Y si sólo estaba enamorada de la idea de estar enamorada? ¿Y si sólo quería ser la chica bonita de los libros que había que leer a escondidas?

Pero haz memoria.

Intenta recordarlo: ¿cómo era verdaderamente su voz?

¿Alguna vez llegué a escucharla de verdad?

¿Por qué la deseaba?

Y lo más importante.

¿Qué pasa con ese cadáver que tienes enfrente?

¿Te quería?

Venga.

Dilo.

Grítalo delante de toda esta gente.

Di lo que sólo tú sabes.

Dilo.

—Rocío, necesito un café. He visto que hay una cafetería en la primera planta.

—¿Quieres que te acompañe?

—No te preocupes. Estoy bien. Ahora te veo.

—Pero no te vayas otra vez sin avisar. Te conozco.

15

Helena tenía tres pesadillas recurrentes.

En la primera recibía una llamada de la Universidad Pompeu Fabra. Un secretario le anunciaba que por un error informático su licenciatura no era válida y que, sintiéndolo mucho, tendría que dejar su trabajo y volver a cursar las prácticas que le darían los créditos necesarios para graduarse en Lengua. La sola idea de regresar a su período de prácticas en *Juego Limpio* le daba escalofríos. Lo peor de aquel sueño no era la sensación de haber vivido engañada o de tener que repetir algo que ya había superado hacía mucho tiempo, sino la obligación de verle la cara cada día, otra vez, a un jefe que le había hecho la vida imposible. *Juego Limpio* era un nombre irónico teniendo en cuenta que aquella revista digital vivía del plagio. Helena llegó allí con la esperanza de aprender a escribir, pero lo que se encontró fue una caverna de recién licenciados en Periodismo que redactaban cinco artículos al día y cobraban una miseria. Por suerte, las prácticas no duraron más de tres meses, pero esos noventa días fueron suficientes para que su experiencia se convirtiera en una pesadilla.

Su segundo mal sueño también tenía que ver con el trabajo, aunque esta vez ya ocurría en *C'est Cool*. Eudald Miró citaba a Helena a su despacho y, tras una conversación incómoda sobre dinero, la obligaba a escribir una reseña negativa del restaurante que su padre dirigió en los cuarteles de Alcalá de Henares. Ella lloraba pidiéndole a Eudald que lo dejara pasar, que no merecía la pena criticar su comida mediocre. La pesadilla terminaba cuando al día siguiente Helena se asomaba a un quiosco y se encontraba con que en las portadas de todos los periódicos aparecía un artículo suyo con el titular: «Mi padre se suicidó porque le dije que no sabía cocinar».

La tercera de sus pesadillas era la más común, y también la que mejor se ajustaba a lo que sintió al salir del velatorio. Una bruma lo recubría todo y el sueño no tenía una trama concreta, sino que era un compendio de emociones pesadas, de pies hundiéndose en el barro cada vez que su protagonista tenía la necesidad de correr. Había también manecillas de relojes deteniéndose, aceras que se evaporaban, pájaros volando hacia atrás y obligando a Helena a moverse lentamente, con la certeza de que ya no era posible respirar.

Ahora estaba dentro de ese sueño. Caminó por los pasillos del tanatorio como si su suelo estuviera enfangado. No sabía adónde dirigirse. No sabía qué hora era ni tampoco le importaba. Sólo sabía que necesitaba tomar un café para despertarse. Cuando vio el cartelito que señalaba la cafetería no lo dudó ni un segundo: con pies de plomo, se arrastró hacia ese lugar en el que todos vestían de negro y sorbían cafeína al unísono. Tratando de no derrumbarse, se acercó a la barra, se deshizo del macuto y pidió un café doble. Un sonido espectral alcanzó su corazón.

—No puede ser, ¿Zurita?

Helena no sabía si aquella voz formaba parte de su alucinación.

—¿Eres tú?

Una mano se posó en su hombro y al darse la vuelta se encontró con una mujer rubia de unos cincuenta años, que con la otra mano sostenía una taza con los bordes manchados de carmín.

—¡Así que de verdad existes!

—En realidad me apellido Rodríguez Zurita. —Helena se limitó a corregir sus palabras como si siguiera en esa pesadilla absurda.

—Lo sé. Pero es que así es como te llamaba él, ¿no?

Un camarero trajeado se interpuso entre las dos mujeres y depositó la taza de café en la barra. Helena se agachó para rebuscar su monedero en el bolso, pero la mujer se le adelantó y como por arte de magia hizo aparecer unas monedas pálidas en su palma.

—Ya está —dijo, y por un instante se pareció a una versión más arreglada y escuálida de quien podría haber sido su madre si aún estuviera viva.

—¿Puedo saber quién me invita?

—Soy Laura. ¿No me recuerdas?

—Creo que no nos conocemos.

—Perdona, tienes razón, daba por hecho que nos habían presentado porque yo a ti te conozco mucho. Soy la esposa de Roberto.

Helena se quedó otra vez sin palabras.

¿Cómo no la había reconocido?

¿Por qué estaba allí y no junto al cuerpo de Roberto?

¿Qué debía decir ahora?

—Bueno… —prosiguió Laura—, mejor debería decir «la viuda de Roberto».

Su voz se rompió y Helena reparó en que Laura tenía los bordes de la nariz enrojecidos y el pintalabios medio borrado. Los pómulos casi tan afilados como los de su marido, y unos grumos de rímel azul amontonados entre las pestañas.

De pronto, la viuda la miró fijamente y se abalanzó sobre ella. Apoyó la cabeza sobre su pecho. Susurró algo imperceptible. Y empezó a llorar.

16

Laura estaba en lo cierto. Sí se conocían. Helena se acordaba perfectamente del cómo, el dónde y el cuándo de ese encuentro. Se acordaba también del olor que desprendía el cuerpo de Roberto durante aquella tarde de invierno.

El reloj del vestíbulo del instituto marcaba las siete y el departamento de Lengua era la única sala con luz de todo el edificio. Allí dentro, dos cuerpos que se agitaban en el suelo como hologramas. El de Roberto, grande y delgado, hacía eses con las caderas sobre los muslos de Helena. El de Helena titilaba como el corazón de una vela. Roberto ya no la miraba a los ojos. Concentrado en una sola cosa, parecía imparable. Helena estaba dividida. Los círculos de sus caderas chocando eran cada vez más breves, más apretados. Sus alientos entraban y salían de la boca del otro en un intercambio nervioso. Roberto le mordió el cuello. Quería tocarla. Bajarle los vaqueros, arrancarle las bragas. Pero ella no se dejaba. Cerraba las piernas como quien se agarra a un tiovivo.

Ella se fijó en el rastro de tiza blanca en los dedos de él. Deseó que dejara de apretar su pelvis y se centrara de nuevo en su cuello. Que recorriera con esos dedos el trazo de su yugular. En lugar de eso, él volvió a forzar sus muslos hacia los lados, intentando colocarse en su centro con un gesto que le recordó al de una abeja doméstica a punto de polinizar.

Justo cuando Helena empezaba a ceder, un golpe hizo temblar la puerta del despacho, y se oyó la voz de una mujer al otro lado.

—Roberto, ¿estás ahí?

Helena se apartó del profesor, se abotonó la blusa rápidamente y se escondió debajo del escritorio de Roberto. Él ni siquiera la miró. Simplemente se acomodó el cabello y contestó sin temblar.

—¿Laura? Ahora salgo, querida. Dame un segundo.

Luego guardó sus papeles en el maletín. Comprobó que llevaba todos los botones de la camisa abrochados y se tocó la entrepierna, presionando el bulto hacia dentro. Abrió la puerta del despacho y, desde su madriguera, bajo la mesa, Helena vio entrar el cuerpo menudo de una mujer rubia, que vestía un elegante abrigo negro a juego con las medias y con la raya de los ojos.

—El conserje me ha dicho que podía subir a buscarte.

Debía de tener la misma edad que su profesor, pero había algo en ella que la hacía parecer más joven. Su voz, o la manera de vestir, quizá, la autenticidad con la que paseaba esos zapatos de tacón tan altos o esos largos pendientes.

Se besaron allí mismo y Helena no sintió celos, sino algo semejante al arrepentimiento. ¿Por qué Roberto la engañaba? ¿Y por qué lo hacía con ella? Luego él agarró su abrigo y su bufanda, y los dos salieron al pasillo y apagaron todas las luces.

Tiritando de frío bajo el escritorio, Helena contó hasta cien antes de levantarse. Estaba triste y furiosa. Quería quemar aquella sala. O destrozar los muebles. O romper todos los libros que encontrara a su paso. En vez de eso, cogió uno al azar de la estantería de Roberto y se lo guardó en el bolsillo de la mochila.

Salió del despacho, bajó por las escaleras casi deslizándose y gateó hasta la puerta del patio de gimnasia para evitar al conserje. Una vez fuera del instituto, se dirigió hacia el centro comercial del Val. Se metió en el fotomatón que había junto a la entrada, abrió su mochila y sacó el libro que acababa de robar. En las letras doradas de la portada podía leerse: *La violación de Lucrecia.*

17

Sólo la muerte es capaz de despertar verdadera empatía entre los vivos, o al menos eso fue lo que pensó Helena al sentir el contacto de las mejillas húmedas de Laura contra su pecho.

Cuando un padre muere, los hermanos que llevaban años sin hablarse se reúnen atravesados por la tristeza. Primero, un hilo invisible de compasión une sus cuerpos. Después, la disputa puede regresar y el hilo se corta, pero la marca que la muerte ha dejado en su carne se quedará ahí, latiendo para siempre.

Pasa lo mismo cuando muere un amigo: el que se va deja a los que se quedan un motivo eterno para brindar.

O cuando muere un hijo: los padres esperan cualquier señal —una foto perdida entre las páginas de un libro, la emisión de su película favorita— para recordarlo.

Pero ¿qué ocurre cuando muere el amante secreto?

¿Cómo despedirse?

¿Está permitido llorar?

¿Está permitido añorarle?

¿Con quién compartir la pena?

Helena no podía apartar de un empujón a Laura. Tampoco podía decirle «cómo te entiendo», o «yo también le echaré de menos», o «qué bonita era la ondulación de sus pestañas y qué rabia que las vayamos a perder para siempre». No podía devolverle el abrazo sin temer que su aliento a vino delatara su tristeza. No podía derramar ni una sola lágrima, porque eso la habría hecho parecer una farsante.

Ya había llorado mucho de todos modos. Ahora sólo quería salir de allí lo antes posible, buscar la tarjeta de contacto de la taxista católica, esperarla en alguna rotonda abandonada, regresar al tren y a casa, darse un atracón de comida basura, reventar, desaparecer.

—Perdona... —sollozó Laura mientras se apartaba—, esto es muy difícil.

—Sólo quería decir adiós —dijo Helena muy bajito.

Laura se tocó la cara y se limpió las lágrimas como si estuviera espantando moscas. Helena se dio cuenta de que le temblaban las manos y de que tenía heridas en los dedos de arrancarse la piel. Roberto tenía esa misma costumbre de rascarse el lateral hasta hacerse sangre. «Lo hago cuando las cosas me salen mal», le había dicho una vez.

Laura parecía haberse repuesto. Ahora se miraba el rostro en un pequeño espejo nacarado que había sacado del bolso. Volvió a posar los ojos en Helena, y esta vez forzó una mueca alegre.

—¿Sabes? Eres más guapa en la realidad que en mi imaginación. Y al mismo tiempo tan... Perdona lo que voy a decir, pero me recuerdas a un rollo de canela. Esos que son dulcísimos pero también pegajosos.

Parecía que de pronto fuera a lanzarse a hablar sobre repostería, pero enseguida cambió el gesto.

—Es increíble que hayas venido, después de todo.

Helena temió por lo que podía seguir.

—Pero ya que estás aquí, me gustaría que esta tarde, antes de la incineración, leyeras alguno de los poemas favoritos de Roberto.

—Gracias por la propuesta, pero no puedo aceptarla. Esta tarde ya no estaré en Madrid.

—Entonces hazlo ahora. Aquí mismo.

—¿Hacer qué?

—Leer un poema. Léemelo a mí.

¿Laura hablaba en serio? La situación era cada vez más ridícula.

—No creo que sea buen momento.

—¿Y cuándo va a serlo?

—No sé qué me estás pidiendo. Lo siento. Me voy.

Helena agarró su bolsa de viaje e intentó apartar a Laura de su camino, pero esta se quedó clavada en el sitio y detuvo su paso. Tenía ganas de insultarla.

¿Por qué se portaba así?

Acabó moviéndola de un empujón y se marchó de la cafetería corriendo.

Salió al vestíbulo con la cara enrojecida. En la puerta del tanatorio, un cartel anunciaba coronas de flores en oferta. Bajó las escaleras hasta la calle, sin mirar atrás. Sentada por fin en el último escalón, con la enorme cruz de óxido a su espalda, sacó el teléfono del bolso, luego la tarjeta, y marcó el número de la taxista. La esperaría allí, pensando en un mensaje de socorro para Seb, acariciando su tripa que empezaba a rugir de hambre, buscando un trozo de cielo azul y encontrando en él pequeñas nubes de un humo gris que quizá eran los primeros signos de una tormenta, o los restos vaporosos de un cuerpo incinerado.

¿Por qué se ha portado así conmigo?

¿Qué sabe de mí?

¿Por qué estaba tan nerviosa?

¿Será que el duelo nos aprieta?

¿Que la muerte nos vuelve más cercanos a nuestros enemigos?

¿Para eso sirve la muerte?

¿Para darnos falsas esperanzas?

¿Y para qué sirve la vida?

¿Para qué sirvo yo en esta vida?

¿Qué hago yo en esta vida?

¿Qué hago ahora?

18

—Voy a leeros un poema de Raúl Zurita, un escritor chileno nacido en 1950 y una de las mayores voces de la lírica contemporánea hispanoamericana. O al menos eso dice aquí. —Helena señaló con el dedo la contraportada del libro que había conseguido en una librería de segunda mano.

Tenía quince años y el cabello recogido en dos coletas. Nunca se recogía el pelo porque pensaba que así sus orejas parecían más grandes. Pero esa mañana, mientras desayunaba, había trazado un plan: debía parecer más joven todavía. Más cándida e inocente.

Junto a la pizarra, delante de la clase, sostenía un papel cuadriculado en el que había apuntado un poema del libro. Era el primer jueves del mes, así que tocaba «jornada de exposiciones»: ese día los alumnos debían seleccionar un texto literario y exponerlo ante sus compañeros y ante Roberto.

Dos coletas. Una blusa blanca abierta hasta el escote. Vaqueros ceñidos. Brillo de labios con perfume de fresas.

—«Te palpo, te toco, y las yemas de mis dedos buscan las tuyas porque si yo te amo y tú me amas, tal vez no todo esté perdido. Las montañas duermen abajo y quizás las margaritas enciendan el campo de flores blancas...»

Los alumnos escuchaban con atención. Helena declamaba con el ritmo y la entonación perfectos. Parecía que hubiera estado ensayando toda la vida para ese momento. Su voz, que a menudo resultaba demasiado ruda, sonaba ahora pausada y delicada. Conforme el poema avanzaba, su pecho se iba hinchando hasta que, en un salto de estrofa, alzó la vista y dio con la mirada de su profesor, que la observaba desde el fondo del aula completamente anonadado.

—«Mis dedos palpan a tientas los tuyos porque si yo te toco y tú me tocas tal vez no todo esté perdido y, todavía, podamos adivinar algo del amor…»

Helena continuó la lectura. Y fue hacia el final, a tan sólo dos versos para terminar, cuando lo notó: bajo su pantalón vaquero y las finas bragas de nubecillas grises, su coño estaba completamente mojado.

19

Desde que le llegó el mensaje en el que Rocío anunciaba la muerte de Roberto, su estómago sólo había recibido grandes dosis de alcohol y café, además de unas cuantas habas de soja y dos dónuts blancos. La rabia y la tristeza le habían hecho olvidarse de su hambre. Cuando pasadas las dos de la tarde se montó en el taxi que la llevaría de nuevo a la estación de Atocha, su tripa empezó a sonar como un motor estropeado. A pesar de ese vientre plano y de esas piernas que parecían cañitas de refresco, su única pasión era la comida.

Helena amaba comer por encima de todo. Prefería comer a follar o a leer.

También la culpa de aquella ansia la tenía su padre. A principios de los años ochenta, Amador comenzó a estudiar en una de las mejores escuelas de hostelería de Granada, antes de que lo destinaran a hacer el servicio militar a Torrejón de Ardoz. Nunca acabó los estudios, pero aprendió lo suficiente para decidir que dedicaría toda su vida a cocinar para los demás. En casa, Helena siempre le retaba. Le decía que su comida era muy aceitosa, y que a ver si aprendía a cocinar como la abuela Antonia.

Su abuelos paternos tenían una barca atracada en el puertecillo del cabo de Gata, y era tradición que el plato principal del banquete de Nochebuena lo prepararan con lo que hubieran pescado juntos esa misma mañana. Helena esperaba durante meses esa visita a Almería cada Navidad. Pero poco antes del suicidio de Amador, cuando la salud del abuelo se resintió y los médicos le prohibieron salir al mar, la pesca se acabó, y ya ninguna cena volvió a ser igual. Con el tiempo, Helena sustituyó el desierto almeriense por el sureste de Francia, donde en vez de lubinas, boquerones y salmonetes, en casa de la familia de Sébastien se hinchaban a flores de calabacín fritas y fuentes copiosas de *fruits de mer*.

Sus mejores recuerdos de infancia eran gastronómicos: como las lecciones del abuelo Paco para preparar migas en los días de lluvia. O como aquellos domingos en los que se sentaba con su madre en la cocina de Alcalá y la ayudaba a rellenar con trocitos de pollo y queso las arepas del almuerzo.

Pero su verdadera obsesión por la comida comenzó al mismo tiempo que el descubrimiento del placer con Roberto. Ocurrió durante el invierno, justo antes de las vacaciones. Era una mañana festiva en el instituto. El gimnasio se había convertido en un gran salón de actos donde distintos alumnos iban a cantar villancicos y a representar obras navideñas en las que la nieve estaba hecha con espuma de afeitar y las Vírgenes llevaban coronas ovaladas. En vez de participar en el coro, Helena se escabulló de entre el público y subió hasta el departamento de Lengua. Llevaba sin pisarlo desde la aparición de Laura. Roberto había puesto distancia como quien levanta un muro. Pero cuando llamó otra vez a su puerta y se metió en el despacho con su gorrito de Papá Noel, sus cuerpos volvieron a encontrarse.

Helena notó hambre e impaciencia. Hambre de la saliva que brillaba en sus labios. Impaciencia ante unos dedos que ella misma guiaba hasta su ropa interior y que esta vez obedecían sólo a sus deseos.

Nunca había sentido algo así: abajo, algo se abría.

Era como descubrir un escondite, un latido nuevo.

¿Y si ese había sido siempre el ritmo de su cuerpo? ¿Y si los dedos de Roberto habían encontrado el lugar exacto desde el que bombeaba su corazón?

Roberto se llevó los dedos a la boca y al mirar cómo se los relamía Helena pensó en sí misma fundiéndose como caramelo.

¿Cuál sería su verdadero sabor?

Para degustarse, le dio un beso: su saliva tenía un gusto a mar. Helena quiso preservar ese sabor. Congelarlo para siempre en su memoria. Así que apartó al profesor, se volvió a colocar el gorrito de Papá Noel en la cabeza y salió del despacho sin decir nada y con el cuerpo en llamas.

A partir de entonces, clasificó todos sus recuerdos por sabores: su madre sabía a maíz. Amador tenía un gustillo a aceite. Sébastien era mermelada. Eudald escocía como una lima en la punta de la lengua. Rocío era leche. Sus años monásticos en el instituto de Almería, ajoblanco. Y la universidad crepitaba como Licor 43.

El sabor del tanatorio Cisneros sería para siempre amargo, y ahora bajaba por su garganta como un puñado de arena. En el taxi, entre ruidos estomacales y ya cerca del intercambiador de Canillejas, Helena se inclinó hacia el asiento delantero y dijo a la conductora:

—Cambio de planes, volvemos a Alcalá. Necesito carne.

20

A los diecinueve años dejó de comer carne. Era una cuestión de necesidad, no de moral. No le daban pena los cerditos desrabados de los mataderos, ni tampoco esas manguerillas que introducen por las ubres a las vacas lecheras. Lo que le asustaba era perder su dinero. En las noticias hablaban de la crisis. Del paro juvenil. La vida en Barcelona era mucho más cara que en la provincia. Había recibido una cuantiosa herencia de sus padres y el Estado la becaba por huérfana y por buena estudiante. Pero precisamente desde que era huérfana temía la pobreza más que nada. Al empezar la universidad, sacó todo su dinero del banco y lo repartió en pequeños sobres que iba incrustando en la página setenta y cinco de los libros de su también pequeña biblioteca. Si era austera, si todo iba según lo planeado, aquel sueldo le podría durar hasta más de los treinta. Por eso, de lunes a viernes, el menú de Helena estaba compuesto por kilos y kilos de fruta de temporada que adquiría en una cooperativa del barrio del Raval. Sólo los sábados y domingos los dedicaba a excesos que prefería guardar para sí misma.

Cada noche de sábado reservaba mesa en uno de los restaurantes que Eudald Miró criticaba en su blog gastronómico de *El Periódico de Izquierdas* antes de fundar *C'est Cool*. Helena disfrutaba tanto de sus críticas como de una buena novela. Gracias a él, por ejemplo, descubrió la cocina asiática. Eran los años de explosión del sushi y decenas de restaurantes de estética japonesa abrieron en el centro. Ella los fue probando todos tras los pasos de Eudald.

Durante meses, cumplió religiosamente con su rutina: fruta de lunes a viernes, banquete el sábado y vermut el domingo, hasta que un martes del invierno de sus veinte enfermó tanto que apenas podía caminar.

Hacía mucho frío en su habitación alquilada en el corazón de Sants, y Helena se quedó bajo la manta toda la mañana, con el estómago enfadado. Al final, más allá del mediodía, se puso el edredón a modo de vestido y se acercó a la estantería para buscar algo de dinero con el que pedir comida a domicilio que calmara el dolor. Su mirada se topó con ese ejemplar rosa de *Lolita* que nunca había terminado de leer.

Lo había intentado hasta en diez ocasiones. Le fascinaba y lo detestaba a partes iguales porque también era un compendio de sus propias desgracias. Como la protagonista, ella era huérfana, joven, pobre y víctima.

De pie, con el edredón cubriéndole el cuerpo y con sus delgadas y velludas piernas asomando por él, Helena sintió un hambre feroz. Sacó el sobre con trescientos euros que escondía en la página setenta y cinco de la novela y leyó algunas de sus líneas: «Me sujeté los pantalones del pijama, abrí la puerta y simultáneamente Lolita apareció jadeante con su vestido dominguero y cayó en mis brazos». Luego dejó el libro otra vez en la estantería, se puso la ropa del día anterior, se recogió el pelo sucio en un pequeño moño y tomó el metro hasta la parada más cercana a Mathilde, uno de los más caros y célebres restaurantes de Barcelona, ese sobre el que Eudald Miró había escrito una crítica en verso, alabando las bondades de su tartar de ternera.

Doscientos cincuenta gramos de vaca picada y cruda, humedecida con yema de huevo y sazonada con sal marina y pimienta, además de esos trocitos de alcaparras que de vez en cuando emergían de la molla y crujían entre los dientes.

Sentada delante de una mesa redonda cubierta con un fino mantel blanco, Helena estaba emocionada.

Cuanta más carne engullía, más rápido desaparecía la ansiedad que las palabras de Nabokov le habían provocado. Masticaba.

Se encendía.

Se reía al verse reflejada como una loca en la cristalera de la pared contigua.

Al fin había encontrado su medicina.

Con su moño, su frente sudorosa y los dientes llenos de virutas de pepinillo parecía cualquier cosa menos una lolita. Las dietas de las nínfulas eran muy distintas. Esas niñas bebían sodas como las de Dolores Haze, té con pastas si se llamaban Alicia, o galletas de mantequilla como las hermanas Lisbon. Helena no quería que su boca supiera como las de ellas. No quería oler a limpio.

Cogió la carne de ternera y empezó a comerla con las manos. La sangre resbalaba por su barbilla y la gente de otras mesas se volvía para mirarla. Un camarero se le acercó y le dijo al oído que debía retirarse de inmediato, que no era necesario que pagara. Helena terminó hasta la última migaja, dejó el sobre lleno de billetes sobre la mesa y salió a aquella pequeña calle del Born. De nuevo en casa, se enfundó otra vez el edredón y escribió un pequeño relato titulado «El día en que comí carne con las manos en el bistró más pretencioso de Barcelona». Luego buscó el correo electrónico de Eudald Miró en la web de *El Periódico de Izquierdas* y le envió su texto. Nunca obtuvo respuesta.

Al día siguiente, regresó a su dieta frutivegana, pero también a la escritura. Desde entonces, cada vez que se deprimía se daba un festín de carne cruda sin importarle el día de la semana que fuera, la hora del antojo o si el menú degustación del restaurante costaba casi lo que un mes de alquiler.

Era su placer secreto.

Y su cura.

Y ahora volvería a serlo: nada como un plato de carne fresca en el restaurante más elegante de Alcalá de Henares para olvidarse de Roberto.

21

Había atasco en la entrada a la ciudad. En la radio, una oración. Afuera, decenas de coches esperando al sol. Y cuando el estómago de Helena rugió con más fuerza, el móvil empezó a sonar dentro de su bolso.

—Hola.

—Hola.

—Qué.

—Qué de qué.

—Que cómo estás.

—Bien.

—¿No me vas a preguntar cómo estoy yo?

—Suponía que me lo ibas a contar tú misma.

Era como tratar con un niño. Unas veces Sébastien se escudaba en otro idioma para que no le entendieran y otras se hacía el dolido para no tener que pedir disculpas.

—¿Es que no te interesa saberlo?

—No he dicho eso.

—Seb…

—Vale. ¿Cómo estás?

—Pues mira, ahora me encuentro mejor porque por lo menos sé que estás vivo.

—Ya.

—Hoy necesito que la gente esté viva.

—Estoy vivo y en la oficina. ¿Tú qué?

—Llegando a un restaurante. Ese sobre el que tengo que escribir. No veas qué hambre, se me ha hecho muy tarde. Espero que no esté cerrado.

—Pero si son casi las tres y saliste de casa a las seis de la mañana, ¿qué has estado haciendo?

—Pasear. Pasear por Madrid.

—¿Sola?

—Sí.

—¿Eudald ha ido contigo?

—No, ¿por qué preguntas eso?

Porque sentía celos de él, por supuesto. Según Sébastien, Helena sólo tenía cuatro temas de conversación: la comida, el vino blanco, sus amigas feministas y su jefe. Pero era sólo su jefe lo que le molestaba. Helena le aseguraba que no tenía de qué sentirse amenazado por Eudald, porque sólo lo admiraba porque quería convertirse en una crítica gastronómica de su talla. Y creía que iba por el buen camino. Sébastien contraatacaba recordándole que a Eudald no le gustaba ascender a mujeres. Que muchas veces se portaba mal con ella. Que más que en su maestro, acabaría convirtiéndose en el palo en la rueda de su carrera.

—No te lo pregunto por nada en concreto —prosiguió Seb—. Es que estás muy rara.

Helena quería contarle a Sébastien lo que había ido a hacer a Madrid, pero sabía que si se lo explicaba, la discusión sería larga. Además, tenía hambre, y las peleas con hambre eran las peores de todas. En una discusión con hambre no hay dos personas que se gritan, sino tres. La boca del estómago se tensa y empieza a emitir sonidos quejicas en el interior de quien vocifera. Discutir con hambre significaba discutir con Sébastien, con su propio cuerpo y con su pasado.

—¿Tienes un rato para que te cuente?

—Pues sí, claro.

—Cómo te lo explico... No estoy siendo sincera contigo.

—*Putain*, me lo imaginaba. —Casi al unísono, Seb y el estómago de Helena pegaron un alarido—. Joder. ¿Le quieres?

—¿Cómo? ¿De qué hablas?

—Estás enamorada de tu jefe, ¿no? Lo sabía. Por eso estás tan rara desde hace semanas.

—Mierda, Sébastien. No estaba hablando de eso. Por favor, primero escúchame y luego ya si quieres sigues montándote tus películas.

—Entonces ¿no es por Eudald?

—Pues claro que no es por él. Qué idiota eres.

Helena abrió la ventanilla del taxi y el aire helado entró de golpe. El paisaje seguía inmóvil y algunos coches comenzaban a pitar con ansia. Se imaginó a Seb mordiéndose los labios al otro lado del teléfono o encorvándose como siempre que estaba a punto de llorar.

—He venido a Madrid para asistir a un funeral —reconoció entonces—. Ha muerto una persona importante para mí. No te he dicho nada porque tú no la conoces. Fue un profesor del instituto. De cuando vivía en Alcalá de Henares.

—Vaya susto me has dado. No era para tanto.

—Es que eso no es todo. Te estoy pidiendo que me escuches. ¿Podrías no interrumpirme durante sólo un minuto?

Seb se quedó callado al otro lado de la línea.

—Se llamaba Roberto. Murió ayer. Tenía cáncer de pulmón. Me dio clase de lengua y literatura el año en que mi padre murió. Ya sabes que a mí no me gusta mucho recordar esa época, y en parte es porque no me gusta recordarle a él.

—¿A tu padre o a Roberto?

—A los dos, *tu sais.*

—No lo sé, pero trato de imaginarlo.

—El caso es que yo…, bueno…, estaba enamorada de Roberto. Y él estaba enamorado de mí.

—¿Cómo sabes que estaba enamorado de ti?

En verdad, Helena no lo sabía con certeza.

—Porque… porque pasaron muchas cosas. Yo…, bueno. Pensar en ello me da angustia y…

—No hace falta que sigas. Lo entiendo.

—Gracias.

—¿Y ahora?

—Y ahora nada. Se ha muerto y yo estoy aquí, a punto de entrar en Alcalá de Henares… Al menos si conseguimos salir de este atasco.

—Pero si tú odias Alcalá.

—Con toda mi alma.

—¿Cuántos años llevabas sin ir?

—Muchísimos.

—¿Cuántos llevabas sin ver a ese hombre?

—La hostia de años.

—¿Cuánto daño te hizo?

—Supongo que también la hostia.

—Pues entonces lo que no entiendo es para qué vas al funeral de un pedófilo.

—Mierda, ya lo estás haciendo otra vez. —Helena elevó la voz por encima de los cánticos que seguían sonando en la radio del coche—. Yo no he dicho nada para que saques tan rápido esa conclusión.

—Las conclusiones se sacan solas.

—Ah, ¿sí? Cuéntame tú la historia de mi vida, si eres tan listo.

—«Hola, soy Helena y tengo catorce años.»

—Eran quince.

—«Estoy sola en el mundo, la vida es una mierda.»

—¿Tienes que poner ese tono para imitarme?

—«Odio a mi padre y voy a castigarle follándome a un hombre mayor. ¡Cómo me gustan los maduros!»

—Te estás pasando.

—«¡Maduros e hijos de puta, como mi jefe!»

Helena estaba a punto de echarse a llorar. Al otro lado de la línea se produjo otro silencio. Quizá Sébastien se había dado cuenta de que su mofa era cruel. Dentro del vehículo, la taxista movía los dedos muy rápido y los hacía chocar contra las bolitas de madera del rosario. Agitaba la rodilla y miraba a ambos lados de la carretera esperando que algún vehículo avanzara.

Así ocurrió.

Como por arte de magia, la rabia de Helena desatascó la carretera nacional.

22

—¿Estás ahí? —preguntó Seb.

Helena había empezado a llorar, pero respondió que sí.

—Lo siento. Tranquila.

—Déjalo. Tienes razón. No sé qué hago aquí.

—¿Cuándo vuelves? Necesito verte los ojos mientras hablas, y necesito ayudarte.

—Pero yo no quiero ayuda. Quiero pasar página. Voy a ir a Alcalá y voy a comer en ese restaurante y voy a escribir una reseña y todo va a seguir como antes, ¿de acuerdo?

—No.

—Ya te he dicho que lo voy a hacer.

—Lo que tú digas.

—Sí, exacto, lo que yo diga. Te llamaré cuando termine.

—Deja de ser tan dramática.

—No soy dramática. Tengo que seguir con mi vida.

—Y lo dices como si yo no formara parte de ella.

—Estás insoportable, Seb. No me entiendes.

No era verdad. En su relación él siempre era amable y ella escéptica. Él era apasionado y ella áspera. Él era humilde y ella altiva. Cuando a Helena le faltaba dinero, él pagaba la mensualidad del piso, o hacía las compras. Cuando tenía mucho trabajo, la esperaba despierto. Y muchas veces, cuando hacían el amor, él ponía toda su atención en tocarla, pero ella le apartaba con las piernas, le pedía que no lo hiciera o aseguraba que ya se había corrido, aunque fuera mentira.

Hasta que empezó a salir con él, Helena nunca había tenido un orgasmo. Lo que le incomodaba era esa intimidad. Esa cercanía. O quizá tuviera miedo a acomodarse.

Estaba acostumbrada a perderlo todo.

A dejarse llevar. A distraerse.

Siempre era como si su vida la estuviera escribiendo otro. Por eso prefería ser distante y fría. Por eso tenía muy pocas amigas. Por eso le gustaba la presión de trabajar con Eudald. Y por eso, cuando la voz de Sébastien estuvo a punto de decir algo al otro lado de la línea, presionó con fuerza el círculo rojo de la pantalla del móvil, cortó la conversación y guardó el teléfono al fondo de su bolsa de viaje.

Mientras el paisaje de la ciudad empezaba a resultarle cada vez más familiar, Helena pensó que Seb tenía razón, pero que sus celos le impedían entender lo que para ella significaba trabajar en *C'est Cool*.

Cuando Helena dejó *Juego Limpio* y la contrataron a media jornada en la revista de Eudald Miró, esta era conocida sólo como una simpática guía de restaurantes, museos y actividades culturales para turistas, financiada por grandes cadenas hosteleras de Catalunya. Poco a poco, comenzaron a publicar críticas gastronómicas menos tradicionales, pequeños reportajes sobre políticas de la alimentación y columnas de opinión polémicas, firmadas casi siempre por Helena R. Zurita. Como ella no se contentaba con puntuar los restaurantes con estrellas y comentarios amables, Eudald le propuso abrir un blog que no tardó en hacerse viral. Algunos comentaristas empezaron a bromear con que Helena era una «frígida de las papilas gustativas» o una «puta sin gusto». Las quejas anónimas se avivaron tras la publicación de un post contra el restaurante Lobster & Grill de Sarriá, donde aseguraba que la carta era presuntuosa y que el chef parecía más empeñado en «meterle su palito de cangrejo a las clientas jóvenes que en ponerle un buen aliño al *brioche* seco de su fallido *lobster roll*». El artículo pasó a ser enseguida uno de los más vistos de *C'est Cool*. Y aunque Eudald sabía que esa clase de opiniones provocaban el descontento de posibles inversores, también era consciente de que la voz de Helena generaría otro tipo de prestigio.

—Ya estamos aquí.

La taxista interrumpió a Helena, que andaba perdida en las imágenes de los parques de cipreses, los columpios verdes de la plaza de la catedral y las callejuelas empedradas que habían formado parte del escenario de su infancia.

—El restaurante tiene que estar más adelante, pero no puedo pasar con el coche.

—Ah, sí, ya veo el letrero, está en el parador. Me bajo aquí.

Recogió su pequeño equipaje mientras la mujer ajustaba el importe de la carrera en el taxímetro.

—¿Está bien? —preguntó mientras tecleaba—. He escuchado su conversación.

—¡Uf! —contestó Helena, todavía con los ojos húmedos.

—No se preocupe. Son cosas que pasan. Pero ¿sabe? Si hicieran una película sobre su vida me gustaría verla.

23

La última vez que la boca de Helena se había llenado de carne cruda fue tras el accidente de Antonia.

Recibió una nota de voz de su tío Ale en la que le contaba que, por el aniversario de la muerte de Amador, la abuela pidió a dos chicos de cabo de Gata que la ayudaran a llevar la barca mar adentro para lanzar unas flores. Ella no podía navegar por los dolores de espalda, y aquellos niños tampoco lo habían hecho nunca. Después de lanzar las flores tuvieron un problema con el motor y se quedaron a la deriva unas horas. La lancha de la Guardia Civil consiguió rescatarlos antes de que anocheciera, y al verlos, la abuela, que estaba completamente deshidratada, esbozó una sonrisa de loca.

«He visto a mi hijo», le dijo a un agente.

«He visto a mi hijo y estaba con Helena.»

El tío Ale lo repitió varias veces en la nota como si fuera gracioso. Ese día, Helena salió antes de la redacción y fue directa al Veloz, el único restaurante de Barcelona donde sirven steak tartar a todas horas: desde las siete de la mañana hasta medianoche, y se pegó un atracón mientras recordaba las palabras alucinadas de Antonia.

Ahora necesitaba con urgencia más carne, pero cuando llegó al Parador de Alcalá de Henares el recepcionista le dijo que la cocina estaba a punto de cerrar. A Helena sólo le hizo falta mencionar *C'est Cool* para que la dejaran pasar.

Sentada en el enorme salón del Álamo, mientras esperaba su plato y saboreaba un rioja blanco, recordó las palabras de la conductora e imaginó la película de su vida.

24

Helena sólo tenía clara una cosa: la película debía empezar con ella bailando. En la sala de teatro Hipnótica, por ejemplo. La última vez que había salido a bailar a esa discoteca tenía veintiún años. Era el cumpleaños de Charlotte, una compañera de su facultad que estaba de Erasmus en Barcelona. De esa noche recuerda que se bebió al menos cuatro cubatas, que perdió su documento de identidad, y que acabó echando un polvo con la cumpleañera en el baño de un bar del Raval. Charlotte sabía a yogur de fresa. Ese fue el mejor descubrimiento de su experiencia sexual con una chica: sabía a fresa. Y la película tenía que empezar con sudor. Con la euforia de sus cuerpos tocándose con otros cuerpos en la pista de baile. Aunque la música tecno no le entusiasmara, sus pupilas inyectadas y su pelo enmarañado la hacían parecer una Virgen en trance.

Si la película de su vida comenzaba así, casi mística, el final debía situarse en un restaurante abandonado de la playa de Niza. Aunque el acceso al público estaba restringido, consiguió colarse con Sébastien. Allí resguardados, le hizo una mamada entre el olor a salitre y el sonido violento de las olas contra las ruinas. El sabor de Seb nunca se pareció a la fruta, y además cambiaba continuamente, pero aquella tarde su polla tenía un gusto a levadura.

En algún momento se tendría que contar cómo se conocieron. Ella tenía veinticinco años y había ido de vacaciones con dos amigas a un pueblo en la frontera de Catalunya con Francia. La primera mañana, el sol brillaba desde muy pronto y las tres madrugaron para coger sitio en una famosa cala nudista. Según las guías turísticas, aquel lugar había sido uno de los primeros espacios nudistas del país, pero ahora la gente lo recordaba por haberse convertido en el escenario de un popular anuncio de cervezas que Helena detestaba.

Aquel «paraíso de la Costa Brava» lo frecuentaban cada año miles de jóvenes españoles y franceses, entre los que se encontraban Helena, Quinoa y Loreto, sus compañeras de *C'est Cool*. Acababan de quitarse los bikinis y querían echar una partida de palas en la orilla, pero Helena se quedó en la toalla. Sentía vergüenza por ser la única del grupo que no iba rasurada ahí abajo. Las chicas jugaron, corrieron y saltaron. En una de esas, la pelota cayó al mar y Helena se levantó de un salto y les gritó que ella iba a recogerla.

Se metió tan deprisa en el agua que terminó tropezando. Al levantarse, un chico de ojos verdes la había recuperado.

—Mi pelota —dijo ella.

—Tu pelota —dijo él, mientras posaba la esfera de plástico rosa en sus manos, como si le estuviera ofreciendo un anillo de compromiso—. Me llamo Sébastien.

—Y yo Helena —respondió ella con la mirada fija en su pene, que iba y venía de izquierda a derecha con el mecer de las olas. Por primera vez, un pene le pareció un objeto verdaderamente mágico y hermoso. Quería tocarlo. Quería abrazarlo. Quería quedárselo para siempre.

—¿Va a querer postre?

El camarero del parador estaba de pie, a su lado, quizá hacía rato que esperaba su respuesta. Helena pidió una *crème brûlée* y regresó a la película de su vida.

Necesitaba un reparto excepcional: el intérprete de Roberto debía ser una especie de Jeremy Irons con la melena más larga y unas gafas finas y redondas de pensador comunista. A Sébastien, en cambio, le iría alguien más joven y comercial, como Zac Efron pero sin músculos, o como Ezra Miller, pero con ellos. El papel de Eudald lo interpretaría Stefano Accorsi o quizá Pedro Pascal. El de Rocío sería para Emma Watson. Y el de Laura para Laura Dern, aunque más bajita.

En la película de su vida, todo el mundo debía ser guapo. Todo el mundo sería feliz, comería tartar y bebería sauvignon.

Helena no pidió la cuenta, sino otra copa de vino y la reserva de una habitación del parador para dormir la siesta.

Había prometido a Seb que regresaría esa noche a casa, pero tras el subidón carnívoro se sentía vulnerable. El recepcionista le entregó la llave de su cuarto, que daba a la piscina. Aunque fuera hiciese frío, su cuerpo ardía tanto que si se tiraba de cabeza haría bullir el agua. Con una hilera de hormigas trepando por su espina dorsal, tomó al ascensor y subió hasta su habitación en la última planta. Al llegar a su enorme cama, se quitó el vestido y se arrancó las medias. Luego cerró los ojos y se sintió ridícula y pequeña. Estaba triste, pero no le importó, porque pasara lo que pasara fuera de su habitación, ella estaba allí, sola, y por fin podía tocarse. Agarró las sábanas y las estiró. Mordió la almohada y la abrazó. Cogió sus cabellos enredados y tiró de ellos hasta hacerse daño. Dio vueltas por el largo colchón para sentir cada palmo de su cuerpo contra él.

Y pensó en follar. Pensó en la primera vez que le vio la polla a Roberto. Pensó en la primera vez que le tocó la polla a Seb. Pensó en cómo sería la polla de Zac Efron. Pensó también en Charlotte. En su lengua rugosa como una fresa. Pensó en la camiseta blanca de Jeremy Irons. Pensó en que le gustaría haberse llamado Dominique. O Dara. O Rosa. O Luna. O Juanita. Roberto le había contado que así se llamó Lolita en los primeros borradores de la novela de Nabokov. Pensó en la polla de Nabokov. Pensó en que para excitarse no necesitaba pensar en pollas. Pensó en la vez que le vio el coño a una niña en los vestuarios de la piscina del colegio, y en cuando ella le invitó a tocárselo. Pensó en Seb lamiéndole los pezones una noche en una playa de Cadaqués. Pensó en el chocho rubio y grueso de Charlotte. Pensó en Roberto metiéndole los dedos en el coño. Pensó en el olor de la tiza. Pensó en el olor de la carne roja. Pensó en el olor de la colonia de moras de Rocío y, entonces, se corrió.

25

El orgasmo, como la muerte, deja el corazón vacío. Tumbada bajo el edredón, dejó que el sueño se apoderara poco a poco de ella.

¿Y ahora qué?

¿Llegaré al último tren si salgo pronto?

¿Me daría tiempo a hacer una siesta?

¿Por qué me duelen tanto los ojos?

¿Y si me quedo aquí a pasar la noche?

¿Le digo a Rocío que nos veamos y compro algo para su bebé?

¿Estará muy enfadada?

¿Se enfadará Sébastien si me quedo una noche aquí?

¿Y si se piensa que lo hago para evitarle?

¿De verdad quiero verle?

¿Por qué me duele tanto la cabeza?

¿Y si pido otro vino en recepción?

¿Y si salgo a dar un paseo?

¿Y si me encuentro con alguien que no quiero ver?

¿Y si voy a mi instituto?

¿Y si me cuelo en el Complutense y escupo en su puerta?

¿Por qué me duele la espalda?

¿Tendría que haber comido menos?

¿Tendría que haberme despedido de Rocío?

¿Tendría que haber pegado a Laura?

¿Tendría que haberla escuchado?

¿Por qué me duele tanto la tripa?

¿Cuánto dinero me quedará en la cuenta?

¿Y si no me queda nada?

¿Cómo voy a acabar el mes?

¿Cómo se lo digo a Sébastien?

¿Habrá peines en el cuarto de baño?

¿Por qué me duele tanto la tripa?

¿Y si me doy un buen baño de espuma?

¿Y si me quedo dormida en el agua?

¿Voy a vomitar?

26

«Tú aún no lo sabes, pero estás bebiendo pis de gato y te encanta.» Ese fue el titular con el que Helena se estrenó en la plantilla de *C'est Cool* y con el que logró arrancar más de treinta mil visitas en su primera semana. Eudald Miró la felicitó delante de toda la plantilla, y algunos compañeros hicieron correr el rumor de que se acostaba con él. No se había acostado con su jefe, pero quería que sus ideas arriesgadas y divertidas sobre gastronomía le hicieran desear acostarse con ella. Lo que hizo reír a Eudald de aquel artículo fue su manera de relacionar areneros y heces de gato con reflexiones sobre una cata de sauvignon blanc, una uva que, de hecho, desprende un olor similar al orín felino.

«Si Helena Zurita habla de pis es porque ella huele a mierda», escribió en su post una tal *Helena Luminosa*. «A Helena Zurita le gusta que los hombres le meen en la boca, en especial Eudald Miró», añadió días más tarde.

A Helena le bastó googlear *Helena Luminosa* para darse cuenta de que esa misma persona dejaba comentarios negativos y desagradables en artículos y críticas de toda la plantilla menos en los de Vicente Alto. Vicente era un hombre de casi cincuenta años que se había dedicado al periodismo de viajes toda la vida y que en *C'est*

Cool se encargaba de las recomendaciones de restaurantes para *newletters* de páginas dedicadas al sector hotelero internacional. Las pruebas contra él eran tan abrumadoras que Eudald despidió a Vicente en un café cercano a la oficina, mientras bebía una copa de Sot de Cel a las diez de la mañana. Al día siguiente, en la oficina, Helena abrió un blog titulado «Pis de gato, estómago de acero».

El estómago de acero era el suyo. La prueba es que, según sus cuentas, llevaba desde los veintidós años sin vomitar.

O al menos hasta ahora.

En la cama de su habitación del Parador de Alcalá, se retorció sobre el colchón por culpa de las náuseas, hasta que, otra vez, consiguió apaciguar su estómago y quedarse dormida hecha un ovillo y con el pelo enmarañado cubriéndole el rostro.

27

Su vientre despertó de la siesta con un rugido de auxilio. Un portazo en la habitación contigua terminó de traerla a la realidad al tiempo que se incorporaba sobre los almohadones blancos con el logo del parador. No le hizo falta comprobar qué hora era, porque el resplandor de la farola tras la ventana sugería que acababa de caer la noche. La luz del cuarto era tan naranja que de pronto se acordó de su padre, y de las tardes de invierno de su adolescencia, en las que ella leía encerrada en su dormitorio mientras él escuchaba la radio sentado en el sofá reclinable del salón.

A las siestas de más de dos horas, Amador las llamaba «las de la hora naranja». Esas de las que uno se levanta aturdido, como drogado, con la sensación de no saber si el reloj marca ya el día siguiente. Ese día de marzo, la «hora naranja» era más aguda que nunca. Para aliviarse, se puso boca abajo y apretó con las manos en forma de cuenco su vientre y sus genitales. No buscaba el placer, sino detener los espasmos de su estómago.

Se levantó de la cama con el edredón enrollado al cuerpo. Recogió el móvil del suelo y caminó hacia el baño tratando de no tropezar consigo misma, pero no lo consiguió. Cuando sus pies toparon con las baldosas frías del servicio, se quedó medio desnuda frente al espejo, mirando en el reflejo sus tetas delgadas y sus pezones morenos. Le distrajo la luz del teléfono, que se encendió tras una notificación de Instagram. La pantalla le desveló una lista mucho más larga de mensajitos de color verde que se habían acumulado durante la tarde. Helena deslizaba el dedo con suavidad hacia arriba, hacia abajo, y otra vez hacia arriba.

Sébastien: «¿Hola? ¿Ya estás en el AVE?».

Rocío: «Acabo de regresar a casa y la verdad es que estoy algo molesta, creo que me debes una…».

Sébastien: «Tout va bien?».

Número desconocido: «No he parado de pensar en nuestro encuentro, quiero volver a verte…».

Llamada perdida de Sébastien.

Número desconocido: «Tengo que contarte algo, ¿podrías venir a mi casa?».

Sébastien: «¿Has tenido algún problema?».

Llamada perdida de Sébastien.

Sébastien: «He activado el localizador de iPhone y veo que estás cerca del centro de…».

Número desconocido: «Como comprenderás esto está siendo difícil pero creo que juntas podemos…».

Sébastien: «Me he metido en tu cuenta del banco y he visto el último cargo, ¿200…».

Quinoa: «Tía, ¿cómo vas? ¿Necesitas hablar? Eudald está cabreado por…».

Sébastien: «¿Qué haces? Estás sola, ¿verdad?».

Sébastien: «¿Estás con él?».

Miró: «¿Mañana vienes? Dime algo. Hay que preparar la reunión con los Font».

Sébastien: «No lo soporto más».

Número desconocido: «Por cierto, soy Laura. Llámame cuando puedas».

Sébastien: «Adiós, Helena».

Nadie se había olvidado de ella. Al contrario: era como si todas las personas a las que conocía la estuvieran esperando, ansiosas. Dejó el móvil otra vez sobre los azulejos y regresó a la habitación para cambiarse de ropa. En su macuto había otros dos pares de bragas, pero prefirió dejarse puestas las que había llevado durante el día.

Todavía estaban húmedas.

Así olería a placer.

Una vez que se abrochó el vestido rojo que Seb le había regalado por su veintinueve cumpleaños, metió su tarjeta y su cuaderno en el bolsillo del abrigo y volvió al baño para pintarse los labios de color granate y buscar el teléfono. «Buenas noches», tecleó en la caja de texto de WhatsApp. «Tienes razón en todo. Quizá podríamos vernos en el Hidalgo. Estaré allí a partir de las diez y media. Un abrazo».

28

Alcalá era áspera, fría y opaca en el recuerdo de Helena, aunque aquella noche los árboles de la plaza de Cervantes resplandecían. El cielo nocturno todavía brillaba, como si se reflejara en un espejo hecho de agua. Las calles estaban vacías, pero quedaban turistas despistados haciendo fotos a la fachada de la universidad, y adolescentes apurando unos porros en las bancadas bajo la estatua del autor del Quijote. El intenso aroma a hachís le había curado las náuseas, y la luz tenue de las farolas lo hacía todo más idílico, más «instagrameable». Fotografió las sombras que su cuerpo proyectaba sobre el suelo de piedra blanca de la plaza y tuvo la tentación de subir la imagen a sus redes sociales.

Además de su cuenta de Instagram, compuesta de paisajes, vermut, *matchas latte* y selfis con Seb en filtro Amaro, había abierto otras dos que mantenía casi en secreto.

La primera la abrió después de una fiesta de Navidad de *C'est Cool*, en la que media plantilla de la revista acabó en un karaoke clandestino de un sótano de Joaquín Costa.

Helena creía que Eudald salía francamente guapo en las fotografías eufóricas que había ido tomando durante la noche, y que contrastaban con las que normalmente podían encontrarse al googlear su nombre. Por eso al día siguiente él dijo: «Hazme el favor de borrar esas putas fotos», y Helena las hizo desaparecer al instante, aunque guardó algunas en su teléfono para mirarlas en secreto de vez en cuando.

La seriedad de Eudald nunca le había parecido atractiva. Tampoco le gustaba su manera de vestir: camisa blanca y siempre impoluta, abierta hasta casi la mitad del pecho, ¿se lo depilaría?, además de la americana.

Pero aquella noche el mezcal le había cambiado el gesto.

Lo había hecho deseable y comestible.

Helena quiso averiguar si a su rostro le ocurría lo mismo. Por eso creó la cuenta de @wineforeandafter. El nombre era tan ridículo que pensó que nadie se lo tomaría en serio. Se equivocaba. A los pocos meses alcanzó los quince mil seguidores haciéndose fotos a sí misma antes y después de beber.

En las primeras imágenes solía aparecer seria, tranquila, elegante. En las siguientes salía borrosa, con los labios mal pintados, a veces gritando, a veces sensual, a veces con cara de pato, o con los ojos muy abiertos.

Más que en una broma, @wineforeandafter se convirtió en una introspección. Beber era tan poderoso como escribir. Detrás de aquellas fotos había una historia en la que no hacían falta palabras. Una historia sobre la decepción y sobre la superación. Sobre la soledad y la feminidad. Una historia sobre ella misma. La cubierta de una novela de su vida también debería ilustrarse con alguna de esas imágenes:

Helena ebria sobre el colchón.

Helena ebria echando la siesta en la hierba de la Ciutadella.

Helena ebria mirándose en un espejo.

Helena ebria sin ropa.

Helena ebria en blanco y negro.

Helena ebria con el pelo enredado y los ojos entreabiertos.

Helena sola.

Helena muerta.

Su segunda cuenta de Instagram era una que compartía con Sébastien: @comemelasletras. La actualizaban muy poco y siempre durante sus viajes en pareja. Allí reunían imágenes y críticas breves a platos, cócteles, menús o restaurantes que llevaran el nombre de un escritor, un héroe de ficción, un verso mítico o un libro. Su cruzada contra este tipo de ingenio literario y gastronómico comenzó durante su primer viaje juntos. Celebraban el primer aniversario de su relación y decidieron irse a Lisboa.

—Si el viaje sale bien, podrías mudarte conmigo —le dijo Seb antes de despegar.

—¿Y si sale mal?

Había salido bastante bien, pero ¿qué quedaba en ellos del menú Pantagruel del O Reino lisboeta? ¿Volvería a oír reír a Seb sin las banderillas de camarones de El Gaviero en Bogotá? ¿Se harían más fotos besándose como aquella tan bonita en la cantina Cien Años de Ebriedad?

¿Dónde estaba Sébastien ahora?

¿Habría ido solo al concierto?

¿Estaría pensando en ella?

¿La podría perdonar?

Helena seguía envuelta por la nube de hachís. Se quedó sentada en uno de los escalones bajo la pluma amenazadora de Cervantes, hasta que los adolescentes se marcharon. Luego caminó por unas calles estrechas y empedradas que rodeaban la universidad, hasta llegar a la puerta del Hidalgo.

Sacó una foto a las figuritas de don Quijote y Sancho Panza que decoraban la tasca, y otra a los azulejos de las paredes con imágenes de molinos de viento, sacos de vino y lanzas pintadas en ellos. Cuando quiso compartirlas, se dio cuenta de que la contraseña para acceder al perfil no funcionaba: @comemelasletras ya no existía.

29

Quedaban pocos minutos para las diez y media. Helena pidió un vino blanco y unas olivas, y marcó el teléfono de la única persona a la que deseaba escuchar.

—¿Hola?

—*Bona nit*, Lena, ¿cómo estás?

—Perdona la hora. Te llamo porque sigo en Alcalá de Henares. Mañana tampoco iré a la oficina.

—¿Tan mal está la cosa por allí?

—La que está un poco jodida soy yo… Nada del otro mundo. ¿Sabes que casi vomito?

Se produjo un leve silencio. Helena quería que Eudald tuviera alguna palabra amable para ella, pero él sólo le preguntó si le iba a tener que descontar uno o dos días de asuntos propios en el calendario.

—Qué sensibilidad la tuya.

—Peor la tuya. No me puedes avisar de estas cosas a las diez de la noche. Mañana tendré que dar la cara por ti en la reunión con los Font. Lola quiere que des el discurso de inauguración de su local, y está ansiosa. Ya los conoces.

—Joder, tienes razón. Si quieres la llamo ahora.

—No, ya está solucionado. Pero hay que estar a la altura, Helena, esto podría ser bueno para los dos.

—Descuida. No pienso en otra cosa. Y respecto a lo otro…, descuéntamelo de las vacaciones. Aunque en realidad estoy trabajando. Tengo un par de ideas.

Helena necesitaba llamar la atención de Eudald, aunque para ello tuviera que inventarse cualquier cosa.

—¿En qué estás pensando?

—Algo… algo sobre comer y morir.

—Superdivertido, y clicable.

—Yo siempre hago que todo sea divertido y clicable.

—Así me gusta.

—Entonces ¿no te parece mal que me quede? —dijo apretando el teléfono contra su mejilla.

—No. Ya vamos hablando. Se te da muy bien hacer lo que te da la gana.

—Gracias… Pero espera, no cuelgues. Me encuentro mal, necesito conversación.

—Lena, estaba a punto de acostar a mis hijas. No puedo seguir hablando.

—Es que no tengo a nadie más con quien hablar.

—¿Te has peleado con Sylvain?

—Se llama Sébastien, lo sabes de sobra…

Volvieron a callarse. El camarero dejó el vino y las olivas sobre la pequeña mesa desde la que Helena podía ver la calle.

—Estoy viviendo cosas raras, ¿sabes? —continuó.

—Eso es lo que te caracteriza, ¿no? Vivir cosas raras y luego contarlas.

—Puede ser. Que pases buena noche, Eudald.

—Lo mismo digo. Disfruta de la tierra de Cervantes. Una vez estuve allí, dando una charla en la universidad. Buen cocido.

—Precisamente estoy tomándome un vino en un sitio que se llama Hidalgo, ¿te lo puedes creer?

—Me encantan los restaurantes con nombres literarios. Disfruta, pequeña.

30

Un detalle como que él la llamara «pequeña» podía salvarle la vida. Lo habitual solía ser lo contrario.

Helena siempre estaba ahí para escucharle cuando tenía una discusión con su hija mayor, o cuando la empresa pasaba por un mal momento. Era como un saco de boxeo en el que su jefe descargaba su rabia. Cuando comían juntos, lo hacían en absoluto silencio. Esas conversaciones siempre eran delante de una copa.

—Comer con una mujer es agradable porque no hace falta hablar —le dijo Eudald una vez.

—¿Y por qué no quedas a comer con la tuya?

—Ella es de otra especie. Una madre. Las madres hablan demasiado sobre calorías y gluten.

Helena se calló. Discutir con él sobre una subida de sueldo le generaba menos incomodidad que hacerlo sobre cuestiones de género. Por eso siempre acababan hablando de lo mal que les caía Mikel Iturriaga, de quién tenía más carisma, si Julia Child o Anthony Bourdain, e incluso del *procés*.

Un mediodía de agosto del anterior verano, Helena recibió un mensaje de Eudald que la hizo temblar de la cabeza a los pies: «Hoy te llevo a un sitio nuevo, recoge tus cosas porque no volveremos a Barna hasta la noche. Termina lo que estés haciendo en media hora o tendré que llevarme a otra persona, y la verdad es que me apetece ir contigo».

Helena mandó un correo electrónico a Sébastien para avisarle de que trabajaría hasta tarde. Él ya estaba acostumbrado a sus jornadas estresantes, así que le respondió con un sencillo «courage!» y un GIF en el que Rihanna se abanicaba con dinero en una piscina ovalada.

—¿Adónde me llevas? —preguntó nada más subirse al monovolumen rojo de Eudald—. ¿Al fin vas a raptarme?

—Mejor que eso, ya verás.

En cualquier otra tarde como esa, ella habría salido pronto de la oficina y habría quedado con Sébastien en una terraza de Poble Sec para hartarse a txacolí y pinchos de salmón. El centro de la ciudad se vaciaba en aquella época y afortunadamente los turistas aún no habían descubierto el rincón que más les gustaba frecuentar. Pero aquella tarde Helena se encontraba en el coche de Eudald rumbo a la Costa Brava, y una corriente de electricidad le atravesaba la espina dorsal.

—Bueno, ¿cómo te va todo? —preguntó Eudald cuando ya estaban instalados en un maravilloso chiringuito de una cala de Begur—. Me refiero a tu vida más allá del trabajo.

—Me sorprendes mucho, Eudald Miró. Creía que no te gustaba hablar con una mujer mientras degustas una lubina.

Eudald dio un largo sorbo hasta acabar con su vino.

—Mi mujer y mis hijas están en Ámsterdam, de vacaciones. Odio el calor de Catalunya en esta época del año, y por eso nunca estoy aquí. Pero la empresa no va todo lo bien que debería y me he tenido que quedar a hacer unas gestiones con los inversores. No debería contarte nada de esto, y como te imaginarás tú no deberías mencionárselo a nadie. —Eudald hizo una pausa larga, en la que los dos acabaron las lubinas—. Ayer tuve una reunión compleja pero estoy convencido de que todo va a salir bien. Me siento como si me hubieran detectado un cáncer en los testículos pero de pronto todo fuera una falsa alarma. Aun así, el susto está ahí, ¿sabes? Ni siquiera se lo he contado a mi mujer.

Helena alzó la mano y pidió al camarero otras dos copas.

—Tengo que conducir —reprochó Eudald.

—No. Te vas a beber otra copa de esta garnacha blanca y luego vamos a tomarnos el mejor postre y a esperar que tus niveles de alcohol en sangre estén domados para regresar.

Una hora más tarde, Helena estaba tumbada en la arena y Eudald le llevaba un Calipo de lima-limón.

—No me lo puedo creer...

—Hasta que no se me pase el dolor de cabeza no puedo coger el coche, así que hagamos que la espera sea más dulce.

—Hacía años que no me comía uno de estos.

—Yo estoy harto de limpiárselo a mis hijas de las manos. Se les ponen pegajosas y se les llenan de arena. Odio este olor radiactivo.

Eudald se tumbó junto a ella. Inclinado a muy pocos centímetros de su cara, entreabrió los labios como si fuera a decir algo importante, y una gota de polo de hielo verde rodó desde la comisura de su boca. Era como una lágrima que, con puntería, acabaría cayendo en su propio rostro.

La miró rodar.

La miró deslizarse.

La miró caer hasta el borde del mentón.

Justo cuando parecía que la gota iba a desprenderse, él se la secó con el puño y se incorporó en la arena para mirar a unos niños que jugaban a las palas.

Luego volvieron a guardar silencio hasta que el monovolumen rojo la dejó frente a su casa.

31

Los primeros minutos con Rocío también transcurrieron en silencio. Tenía el rostro reluciente, como si acabara de hacerse una mascarilla. Se había quitado las trenzas y ahora su larga melena lisa le caía por los hombros. Helena tenía que cepillarse el pelo durante horas para alcanzar ese volumen, ese brillo de princesa de cuento.

El camarero se les acercó y preguntó si iban a tomar algo más. Rocío pidió una cerveza sin alcohol sin levantar siquiera los ojos de la carta de tapas.

—Para mí otro vino blanco.

—¿Algo de comer?

—Patatas bravas, queso y alcachofas —ordenó—. Ya he cenado, pero la niña tiene hambre.

Cuando el camarero se marchó, Helena intentó ser la primera en romper el silencio, pero ella se le adelantó.

—Le he dado tu teléfono a Laura.

—Imaginaba que habías sido tú, ya me ha escrito.

—¿Le has contestado?

—Aún no.

—Dile algo, no seas antipática con esa pobre mujer.

Rocío había pasado con ella todo el día. La había agarrado del brazo cuando el féretro desapareció en el horno y luego la acompañó en su coche hasta el cementerio del Gurugú, donde dejaron las cenizas en un columbario de piedra y cristal.

—¿Por qué hay gente que quema a sus muertos y luego los lleva igualmente a una tumba? —pensó Helena en voz alta.

—No era exactamente una tumba.

—¿Había epitafio?

—No, no había.

—¿Leíste algún poema?

—¿Por qué iba a hacer eso?

—¿Y de qué conoces tanto a Laura?

—Soy su farmacéutica. He estado vendiéndole las medicinas a Roberto en esta última etapa. Bueno, a él no, a su mujer. Ya te dije que él no podía salir de casa.

—¿Por qué no me lo has dicho antes?

—Porque siempre me interrumpes, Helena. Te importa muy poco mi vida.

—Eso no es cierto.

—Ah, ¿no? Entonces respóndeme a esto. ¿Sabías que era farmacéutica? Porque yo sé que tú eres periodista, que tienes un novio francés y que bebes leche verde.

Tenía razón. Helena no sabía ni su profesión, ni quién era el padre de la niña que llevaba en sus entrañas, o si había decidido ser madre soltera. Tampoco sabía dónde vivía, o si su madre continuaba viva, o qué crema había hecho que su cara estuviera tan tersa y brillante.

—Vale, no tengo ni idea de quién es la persona con la que estoy hablando, ¿contenta?

El camarero llegó con las raciones y colocó las servilletas y los tenedores con delicadeza. Helena se había terminado el segundo vino casi de un trago, así que pidió un tercero.

—Me llamo Rocío, tengo treinta años y voy a tener una hija dentro de muy poquito.

—Eso ya lo sé.

—No interrumpas. El padre de la niña es Pablo, mi novio del instituto con el que llevo cinco años casada.

—¿Pablo? ¿El que nunca se quitaba el chándal?

—Que no me interrumpas. Nuestra hija se va a llamar Elena. Nacerá a finales de abril. Como te he dicho, soy farmacéutica, aunque mi pasión es la puericultura. Me gusta ir al gimnasio. Me gusta la música de Adele. Y estudiar idiomas. No hice Erasmus pero he estudiado en Manchester.

—Parece que hubieras ensayado el currículum antes de venir.

—No lo ensayé —dijo Rocío muy seria.

—Admiro en lo que te has convertido. De hecho, creo que me das envidia.

32

«La amistad es diez por ciento empatía y noventa por ciento envidia», lo había leído en una revista de una sala de espera.

De Quinoa envidiaba su determinación a la hora de mantener una dieta sana. La forma que cualquier tipo de pantalón vaquero daba a su culo. El tatuaje de la pantera negra que lucía en el antebrazo. Y también su valentía a la hora de practicarse un aborto, incluso cuando su familia la amenazó con dejar de dirigirle la palabra.

De Loreto envidiaba sus tetas mullidas y a su gato Pelusón. Su capacidad para organizar fiestas en casas ajenas, su natural conversión al lesbianismo cuando cumplió los treinta y cinco e incluso la también natural aceptación de su estrabismo: «Algunos tíos me pedían que cerrara el ojo malo cuando les estaba haciendo una mamada, pero también había tíos que me pedían que sólo abriera ese. Los hombres son un misterio. Desde que estoy con Jana soy más feliz».

Pero ¿qué envidiaba de Rocío?

Helena miró su rostro brillante y apacible, concentrado en elegir la patata con más salsa brava.

Eso era: lo envidiaba todo.

Durante los años de colegio, la envidió por el simple hecho de tener madre. Se retorcía por dentro cada vez que le hablaba de ella, o cada vez que se la encontraba a la salida del colegio, tan alegre, tan amable, con una palmera de chocolate recién comprada en las manos, lista para dársela a su «Ro».

A ella Fernanda nunca la había llamado con abreviaturas.

A veces fue Helenita.

O Helenitita.

Pero nunca fue He. Ni Le. Ni tampoco Nita, ni Lena, ni Tita. El problema no era sólo «Ro», sino también las buenas notas de Rocío en ciencias, sus piernas de vello rubio, su pronunciación del inglés, su voz afinada en el coro, su saque en voleibol, su éxito con los chicos de cuarto…

—Hace poco vi una ecografía en 3D y no podía creérmelo —dijo de pronto Rocío—. Tiene mi nariz y los mofletes de su padre.

—¿Puede verse así, tan fácil?

—Sí, es increíble. La calidad no es muy buena, pero te haces a la idea de cómo es tu pequeña. Parece una patata arrugada.

—«Elena la patata», me gusta.

—Sí, es mi patatilla. Ahora voy a clases de preparación al parto, son mucho más divertidas de lo que imaginaba.

—¿Allí hacéis eso de sentarse en pareja sobre una colchoneta mientras las mujeres fingís que expulsáis un Nenuco de la entrepierna? Lo vi en una peli.

—Algo así, pero nos vamos turnando el bebé.

—Qué cutre.

—Hay cosas peores. Por ejemplo los vídeos.

—¿Vídeos de partos?

—Vídeos de partos reales con cabezas de niños reales saliendo por vaginas reales. A los padres les sacan los colores…, pero la mayoría de nosotras lloramos al verlos.

—¿Por el dolor?

—No, por la emoción.

—Uf. Yo no podría soportarlo.

—¿Tú? Claro que no podrías.

Diez por ciento empatía, noventa por ciento envidia. En el caso de Rocío, ese diez por ciento sólo podría ser compasión. Helena volvió a levantar la mano para reclamar la tercera copa de vino de la noche. Tenía las mejillas rosadas por el alcohol, pero también por la emoción de haber comprendido. Cuando alguien se metía con ellas en el colegio, Rocío siempre la defendía. Cuando había un examen importante, Rocío siempre perdía tiempo de sus horas de estudio para explicarle la lección. Cuando murió Amador, Rocío siempre estuvo ahí, escuchándola. Cuando le confesó que temía que su padre se hubiera matado por su culpa, Rocío la convenció de que no era cierto y se ofreció a guardar todos sus secretos.

Fue entonces, después del alivio de desvelárselo todo, cuando dejó de verla.

—Te lo confirmo: no quiero tener hijos —dijo mientras se levantaba para ir al servicio—. Además, seguro que a Seb tampoco le apetece.

—Lo que ocurre es que con tu novio no te va demasiado bien, ¿no? Quizá sea por eso.

Helena miró a Rocío con desprecio: ya no era perfecta. Ya podía imaginársela dudando o rabiando. Ya podía verle el rostro descompuesto al mirarse en el espejo cada mañana. Ya era humana, porque podía ser cruel. Igual que ella.

33

También en el baño del Hidalgo había azulejos pintados. Sentada en el váter, Helena alargó la mano y los raspó con las uñas para comprobar si desaparecía el color blanco de las aspas del molino. Si hubiera tenido un rotulador a mano, le habría gustado garabatear algo. En el instituto, Rocío y ella solían poner corazones en las paredes del comedor, o letras de canciones, o nombres de chicos.

Una mañana, antes de entrar en el despacho de Roberto, Helena escribió con tinta indeleble en el marco de su puerta «Se querían».

—Tengo la solución —gritó emocionada nada más verle.

—¿A qué?

—A poder vernos fuera de aquí.

—Sabes que es muy arriesgado. —Roberto frunció el ceño aunque sin levantar la vista de los papeles que estaba garabateando en rojo.

—Este plan no lo es.

—Te escucho.

Helena se sentó encima del escritorio. Tomó la cabeza de Roberto entre las manos y le obligó a mirarla a los ojos:

—Pablo, Rocío, tú y yo.

—¿Rocío? ¿Tu amiga? ¿Le has contado lo nuestro?

—No, no lo sabe, ni tiene por qué enterarse. Pero mañana ella y Pablo han quedado para ir a ver *The ring* en los cines de Méndez Álvaro.

Roberto apartó a Helena e intentó recolocar el puñado de hojas.

—¿Qué es eso?

—Una película de terror.

—¿Tu plan es que vayamos con dos adolescentes a ver una película de miedo para adolescentes?

—Te recuerdo que yo también soy adolescente.

—Ah, ¿sí? ¡No me había dado cuenta!

Helena se levantó y se apoyó en la pequeña estantería donde Roberto guardaba manuales de gramática con los lomos muy viejos y desgastados.

—Nuestros padres nos han dejado ir solas a Madrid para ver la película. Pero yo no quiero verla, ni Rocío. Lo que quiere es encontrarse con Pablo. Por fin se van a enrollar.

—¿Y yo qué pinto en esa telenovela juvenil?

—Pues que mientras ellos iban al cine, yo quería escaparme al centro. Y luego pensé: ¿por qué no pasar una tarde de sábado con Roberto?

—No sé si es el mejor de los planes.

—Podrías besarme en un bar bonito de Malasaña.

—Estás loca.

—Si me maquillo y me pongo elegante, no tiene por qué notarse que eres más viejo. Me puedo vestir de tu época. ¿Me prestarías tu monóculo?

—Muy graciosa.

—También podríamos ir a un museo.

Roberto no contestó. Seguía sin apartar los ojos de su trabajo.

—También podríamos, no sé, ir a ver otra película. Una en la que no haya nadie. Sentarnos en la parte de atrás, pasar un rato juntos.

El despacho quedó en silencio unos segundos hasta que Helena pegó una patada a la estantería y se alejó unos pasos.

—Mierda. Pues nada. Olvídalo.

Finalmente Roberto se levantó y la agarró por los hombros.

—¿Por qué te enfadas? —dijo con los labios muy cerca de su cuello.

—Llevamos meses hablando de lo hermoso que sería poder hacer cosas juntos y para un día que consigo librarme de mi padre…

Roberto aumentó la presión de sus manos contra la carne de Helena. La llevó de nuevo hasta la estantería como si estuvieran en mitad de un baile muy delicado y luego la estampó contra los manuales que olían a polvo. Ella no se quejó y él se acercó aún más a su oído.

—¿Sabes lo que se me ocurre que sí podríamos hacer?

—No. Ya me da igual.

—Ven a mi casa.

—¿Qué? —preguntó tan asustada como emocionada, mientras él le lamía el lóbulo derecho.

—Mi mujer tiene que ir a Tarragona. Estaré solo todo el fin de semana. Si te libras también de tus amigos, podemos pasar juntos todo el día.

—¿Todo el sábado?

—Todo.

Helena cerró los ojos y olió el cabello de Roberto.

—¿No te apetece?

—Me apetece muchísimo.

—Pues ven aquí, déjame que te enseñe un adelanto de lo que te voy a hacer este fin de semana.

—Ahora no, tengo que ir a clase de inglés.

—Eso será si consigues escapar.

Roberto empezó a desabrocharle el vaquero.

—No, en serio. Llego tarde.

La empujó todavía más contra la biblioteca. Le bajó el pantalón hasta la mitad de los muslos y ella intentó subírselo de nuevo.

—Ahora te aguantas.

—Roberto. No quiero.

Él tiró hacia abajo de unas bragas de color naranja pálido, en las que las palabras «be cute» se habían descolorido.

—No, Roberto, por favor.

—Hazme caso —ordenó él mientras le introducía dos dedos en su sexo—. Esto te va a encantar. Y sólo es el principio.

34

—Nuestra relación está bien —soltó Helena nada más regresar del servicio sin sonar demasiado creíble—. Tiene sus cosas, como todas las relaciones un poco largas. Pero no quiero hablar de mí y de Seb. Prefiero que me cuentes tú cómo es la vida de casada.

Rocío se quedó en silencio y sacó de su enorme bolso un estuche en el que guardaba unas toallitas húmedas con las que empezó a limpiarse las manos. Había comido con tenedor, pero se frotaba los dedos como si hubiera algo en ellos que le escociese. Helena notó el intenso olor de aquel jabón. Era como la lavanda, pero más fuerte.

—¿Te acuerdas del día en que Pablo y yo nos besamos por primera vez?

—Estaba allí. Claro que me acuerdo. En los cines de Méndez Álvaro. En la fila quince.

Rocío sonrió. Parecía sorprendida de que Helena se acordara con tanto detalle.

—Yo devoraba un cubo de palomitas tamaño XXL que habíamos pagado entre los tres, pero que acabó entero en mi estómago —siguió Helena—. Luego me puse a morir. En el Cercanías de vuelta a Alcalá me tuve que tumbar en posición fetal entre dos asientos.

—Tenía tanto miedo de que la sal me cortara los labios que ni las probé. Ahora siempre que como palomitas me acuerdo. ¿No te pasa que a veces hay sabores que te traen recuerdos?

Helena pensó que esa frase podía ser suya. Tal vez Rocío se la había robado de alguno de sus artículos.

—A mí también. El olor a maíz me evoca muchas cosas. Aunque algunas no son tan alegres. ¿Nunca te he contado lo que me pasó a mí ese día?

—No, qué.

Helena dejó el tenedor sobre una servilleta y bebió un trago. Parecía que fuera a explicar una historia muy larga, contada muchas veces, aunque en realidad nunca había salido de su boca.

—Cuando supe que mi padre me dejaba ir a Madrid toda la tarde del sábado, le propuse a Roberto que viniera con nosotros. Evidentemente, no quiso. Su contrapropuesta fue pasar el día en su casa. Me dijo que su mujer estaba de viaje y que podríamos quedarnos allí sin que nadie nos molestara. Esa noche no pude dormir.

Helena no pudo explicarle por qué, pero recordó que le dolía el pecho porque él le había estado mordiendo las tetas durante la hora de inglés. Que le dolía el cuello porque casi la había estrangulado. Que le dolía el sexo porque el dedo de Roberto había escarbado en su coño. Tuvo miedo de que follar con él fuera más doloroso todavía. Lo que antes era pasión se había convertido en rabia.

—Pero luego no me animé a ir a su casa. Preferí ir al cine contigo y comer palomitas.

—¿Así que tu primera opción era dejarme tirada en *The ring*?

—En realidad, te habría hecho un favor. —Helena sonrió.

—Es curioso.

—El qué.

—Esa sensación… La de ser el personaje secundario de una historia.

—¿A qué te refieres?

—A que durante mucho tiempo pensaba que yo era como esos personajes de las series de televisión de los que nadie se acuerda al final del capítulo. En la historia de Helena Rodríguez Zurita yo iba a ser alguien que siempre estaba donde tenía que estar, pero que luego desaparecía. No sé si me explico.

Helena entendía, pero no dijo nada.

—Por eso me parece curioso que por fin, aquel día, fueras tú el personaje secundario de mi historia de amor.

Helena apoyó los codos en la mesa y sonrió otra vez.

—Yo creo que ese día hice un poco de celestina.

—Tal vez.

—Me alegro de haber estado a tu lado.

—Yo también me alegro.

Las dos apuraron sus respectivas bebidas.

—¿Tienes miedo? —preguntó Helena señalándole la barriga con el dedo.

—¿De qué, de ser madre?

—De ser madre de una niña. Una niña que en quince años será como éramos nosotras y sufrirá como sufrimos nosotras.

—Elena tendrá una vida mejor. En la farmacia atiendo todos los días a chicas jóvenes, y parecen más maduras y decididas que nosotras. Confío en que se convertirá en una mujer valiente. Me ocuparé de ello.

Rocío intentó dar otro sorbo a su cerveza sin alcohol e hizo un chasquido de decepción con la lengua al ver que no quedaba ni una gota. Abrió el bolso para buscar una botella de agua pero de él emergió un paquete de color violeta que a Helena le resultó familiar.

—Casi se me olvida —dijo tras aclararse la garganta—. Tengo algo para ti. Lo he estado guardando durante muchos años. Lo llevé al tanatorio por si al final venías. Te lo habría dado allí, pero te fuiste sin avisar.

Helena extendió la mano y Rocío puso en ella un cuaderno pequeño, envuelto en una especie de papel de arroz lila y envejecido.

—¿Es lo que creo que es?

Rocío asintió.

Llevaba media vida sin verlo. Helena desenvolvió el papel y metió la nariz entre las páginas del cuaderno, que olían tal y como lo esperaba: a celulosa húmeda y a polvo. Ojeó algunas páginas y se encontró con una letra apretada e infantil, llena de tachones y escrita con muchos tipos de bolígrafos y colores diferentes.

—Qué vergüenza.

—Te juro que no lo he leído.

—¿Seguro?

—Lo he tenido todo este tiempo en unas cajas que conservo de la etapa en el Complutense y la universidad. A veces lo veía ahí y me sentía tentada de tirarlo a la basura o venderlo en Wallapop. ¡Las confesiones de una lolita secreta!

—Gracias por esto —dijo solemnemente Helena.

—¿Ves? Soy tu personaje secundario. Tu Snape.

—Te pega mucho más ser Hermione.

—Pero yo soy más guapa que Emma Watson.

—Eso es verdad.

A las dos se les saltaron las lágrimas.

Helena pagó por las dos en la barra y salieron del bar. Permanecieron enfrentadas en medio de la acera, delante de la universidad.

—Mándame fotos de Elena cuando nazca.

—Y tú pórtate bien.

Se dieron un abrazo y, como ocurrió por la mañana, a Helena le volvió a emocionar que en aquel gesto hubiera tres vidas. El cabello de Rocío, en cambio, ya no desprendía su olor a moras, sino uno parecido a leche. Se dijeron adiós con la mano y Rocío caminó hacia la plaza mientras que Helena prefirió quedarse un rato allí parada, sola, pasándose las manos por el pelo enredado y con el cuaderno ardiéndole en el bolsillo de la chaqueta.

35

¿Cómo se empieza una historia de amor imposible?

¿Y cómo se empieza un cuaderno?

Querido diario: ya no tengo ocho años. Pero me gustaría tener alguien a quien dirigirme. Alguien que me escuchara.

Entonces ¿esto es un cuaderno o una confesión? No sé. Iré diciendo cosas. Algunas tendrán sentido y otras no porque hoy nada tiene sentido en mi vida.

Llevo diez líneas y ya me he cansado de escribir. Me duele la mano. Me he manchado los dedos de tinta violeta.

¿Y cómo se mantiene la cordura?

Qué bonita la palabra «cordura». Me recuerda a cordero y a corazón duro.

¿Cómo se mantiene alzada la voz?

¿Cómo escribo para alguien que nunca me va a leer?

¿Cómo consigo que aun así me lea?

¿Y si le enseño este cuaderno?

¿Hola? ¿Estás ahí?

¿Puedes verme como yo te veo en mis sueños?

¿Puedes olerme como yo te huelo en mis sueños?

¿Puedes morderme?

En estas líneas sobran horas, días o fechas porque los pensamientos que voy a escribir podrían estar pasando en cualquier momento. Ahora que tú me lees (¿en tu despacho?, ¿en tu casa?, ¿en una nave espacial?, ¿en la cárcel?), yo sigo aquí escribiendo.

Estoy convencida. Tú estás ahí y yo estoy aquí. No hace falta más. Si digo que tengo frío podrías pensar que es invierno. O que es verano pero estoy desnuda frente al aire acondicionado. O que es otoño y hace viento en el parque de la Virgen del Val por donde una vez te vi correr y sentí… algo. Sí, imagina que es otoño.

Es otoño y hace frío y estoy en la mecedora de la abuela Antonia en Alhama de Almería. Es un pueblo pequeño pero se está bien porque hay árboles y gatos tuertos. De pequeña les tiraba piedras porque odiaba que mi padre me obligara a venir a un sitio sin televisión y sin otros niños con los que jugar. Ahora tengo mis libros. Y este cuaderno. Estoy junto al fuego que me abrasa el rostro. Me gustaría desnudarme frente al fuego. Notar la llama cerca de mi pecho. Cada vez más cerca. Imagíname.

¿Cómo empieza alguien a escribir?

Ya lo sé: por aburrimiento.

La abuela ha hecho migas. Si como para mí, entonces tendré que escribir para mí. Si me toco para mí, entonces tendré que escribir para mí. Si me corro para mí, ¿puedo darte mis palabras?

Me pregunto si alguien habrá hecho el amor en esta cama alguna vez.

Nunca me ha gustado mucho mi letra.

Mañana te veo.

Aquí tienes una palabra curiosa: «juglar». En la hora de historia puedo fingir que estoy tomando apuntes pero en realidad estoy escribiendo este diario.

Cómo me gusta fingir.

También finjo que no te escucho en clase. Finjo que no te estoy mirando. Finjo que no me gustaría levantarme y tocarte los botones de la camisa con las puntas de los dedos, subiendo en escalera, como si fueran teclas, subiendo hasta tu cuello fino y lleno de curvas. Me recuerda a la piel de un tiburón. Sobre todo cuando se pone roja. Huelo tu piel fresca desde mi pupitre.

¿Y si pasas por mi mesa y lees esto?
¿Y si hago la letra más grande para que lo entiendas?
¿Y si alguien más lo ve y me llama loca?

«Lector, bien conoces al delicado monstruo,
¡hipócrita lector, mi prójimo, mi hermano!»
Yo también conozco al delicado monstruo. Es el que me empuja a escribir estas palabras.

El delicado monstruo no es delicado. Cómo iba a serlo si es monstruo.

Tengo ganas de tocarme todo el cuerpo. Tengo ganas de chillar pero
no puedo. Escribo para no tener que chillar pero no me está sirviendo de nada.

Leo a Charles Baudelaire porque él lo ha mencionado en clase.

¿Y si escribiera para el delicado monstruo?
¿Y si al monstruo lo tengo dentro?
Claro que lo tienes dentro. Te sale cuando te enfadas porque no le
has visto a la salida de clase. O cuando Rocío te pregunta qué te pasa
qué te pasa qué te pasa. O cuando tu padre te dice qué lees y le escondes las *Historias de cronopios* de Cortázar, que no te gustan pero
a él sí y tienes que averiguar por qué.

Escribo para averiguar por qué.
Escribo porque escribir me quita el hambre.
Escribir no quita el hambre. Qué tontería. Escribir lo agranda.

Qué calor dentro de mí.

Él es feo. – No lo es.
Él tiene lo que no tienen otros chicos. – No lo tiene. Rocío dice que
de Pablo le gustan sus ojos sencillos y esa voz de chico mayor. A mí
me gustan sus ojos complicados y su voz de chico viejo.

No es viejo. – Un poco.

Si pudiera acostarme con Holden Caulfield, lo haría.
Si pudiera acostarme con Henry Chinaski, lo haría.
Si pudiera acostarme con Lux Lisbon, lo haría.
Si pudiera acostarme con Horacio Oliveira, lo haría.
Si pudiera acostarme con él.

Rocío quiere follar con Pablo. Pero Pablo no le hace caso. Es tímido. Entiendo su decepción pero no puedo decírselo. Entiendo su deseo.

En los libros de Charles Bukowski, los chicos hacen pajas hasta a los perros.

Si yo tengo quince años y él tiene treinta y nueve, entonces nos llevamos veinticuatro. No es tanto. Si es verdad lo que nos dijo en clase de que lee más de ocho libros al mes, eso significa que al año leerá como cien. Si dice que empezó a leer novelas en la universidad, a los diecinueve, ya ha leído unos dos mil libros.
Me quedan dos mil putos libros por delante.
¿Le alcanzaré?

Tú lo has leído todo, yo no he leído nada.

Tengo que dejar de pensar en el sexo y leer a Raúl Zurita.

Hace días que no cruzamos miradas. ¿Huye de mí?

Nos ha mandado una redacción sobre «El hambre». Rocío la va a hacer sobre el hambre en el mundo. A ver qué me invento yo. No quiero decepcionarle. Es el primer trabajo importante y quiero que sepa que existo. Quiero que sepa que me tragaría los botones de su camisa como pastillas.

En el ordenador del locutorio he buscado respuestas a esta enfermedad mía. He leído en internet que las niñas que aman a los viejos se llaman lolitas, y que las lolitas son perversas.

Tengo que leer a Vladimir Nabokov.

Nunca me he masturbado leyendo un libro. Dice Rocío que ella sólo se masturba escuchando música. Me pregunto si tú te masturbarías conmigo.

No entiendo cómo a Rocío le pueden gustar los chicos de nuestra edad. Pablo huele a sudor. Pablo bebe agua de la fuente de la entrada y se moja la camiseta de deporte y puede pasarse el día así, empapado, descuidado, sucio, infantil. Pablo no me gusta aunque alguna vez haya pensado en besarlo.

He hablado con mi padre y me ha dicho que está orgulloso de que lea y estudie tanto. Si él supiera que la mayoría de mis libros hablan de sexo, no estaría tan contento.

Tú, con tu puño y letra, me has citado en tu despacho mañana por la tarde. Nadie podría darme esta luz. Nadie podría volverme tan vibrante como tú lo haces.

Me he masturbado. ¿Lo hueles? He puesto los dedos sobre la página en la que ahora escribo. ¿Lo sientes? Me he tocado y he pensado en ti. ¿Lo has sentido? Dime, por favor, que lo has sentido.

¿Amo porque leo o amo porque simplemente amo?

He entrado en su despacho. El departamento estaba vacío y él se había sentado en el escritorio, con las piernas un poco abiertas y ese bulto en medio del pantalón. ¿A qué olerá? ¿Cuál será su textura? ¿Por qué su polla escondida me miraba así? ¿Por qué me vigila?

Sus ojos también me vigilan.

Me ha puesto un diez en la redacción.

Dice que seré escritora.

Dice que mis palabras son «inteligentes y perversas». Dice que mis historias son «voluptuosas». Dice que lo que pienso es «hermoso». Que lo que escribo es «punzante». Me pregunto si estaba hablando sólo de mi redacción o también de mí. Quiero que sea de mí.

He ido a la biblioteca y he traído estos libros:
— *Corazón tan blanco*, de Javier Marías.
— *La destrucción o el amor*, de Vicente Aleixandre.
— *Estupor y temblores*, de Amélie Nothomb.
— *Una temporada en el infierno*, de Arthur Rimbaud.

«Se querían, sabedlo», escribió Vicente Aleixandre.

Estoy destrozada. Este libro me ha dejado partida en dos. Quiero saber si él lo ha leído. Quiero que me lo lea y que me folle después. «Se querían, sufrían por la luz, labios azules en la madrugada.»

Basta. No lo soporto.

Lunes: ha puesto su mano en mi piel. Estábamos en clase, delante de todos, y ha apoyado su mano manchada de tiza blanca en mi brazo.

Martes: ni siquiera me ha mirado cuando nos hemos cruzado por el pasillo a la hora del recreo. ¿Qué he hecho mal?

Miércoles: leer no sirve para nada si no puedo hablar contigo de lo que leo.

Jueves: papá, mamá, si os hubieseis enterado de que el profesor de literatura de vuestra hija de quince años le ha prestado un ejemplar de la edición rosa-pálido de *Lolita*, lo más seguro es que hubierais montado en cólera. O simplemente estaríais un poco desconcertados y abrumados. O tal vez ni siquiera sabríais muy bien lo que está ocurriendo porque a) es la primera vez en vuestra vida que escucháis el nombre de Vladimir Nabokov, b) no os preocupa demasiado el contenido de los libros que vuestra hija adolescente apila compulsivamente sobre la mesilla de noche, ya que el simple hecho de que lea tanto os parece algo positivo, por no decir un milagro,

o c) ¿cómo ibais a enteraros de lo que la cría anda leyendo, si uno
de vosotros casi nunca está en casa y si el otro está muerto? Lo que
quiero decir es que he llegado a casa y aquí estaba. En mi mochila.
El libro. Con su olor.

¿Cómo te has colado en mi mochila?
¿Cómo te has atrevido a dejar este libro rosa
como mi coño rosa
en mi rosa intimidad?

Los papeles cambian.
Soy libre como una abeja.
Soy libre. No soy Dolores Haze.
No soy tu niña.
Tú no eres mi Humbert.
¿Cómo puedo amar a alguien así?
¿Cómo te atreves?

Los papeles cambian.
La victoria duele.
Esto no es un poema.

Si un hombre mayor y oscuro me ha mirado…
¿Significa que ya soy una mujer?

¿Y ahora?

¿Y ahora?

Ya casi no duermo. Su pelo. Su pelo debe de oler así. Como estas páginas amarillentas. Como esta historia que sabe a sangre, y un poco a neumático, y un poco a tierra, y un poco a esas flores que nadie compra y que se quedan en la acera cuando la floristería cierra. Pobrecitas esas flores: así huele nuestro libro. Porque ya es nuestro. No te lo pienso devolver nunca.

No me habla.

Rocío tampoco.

¿Por qué todos me ignoran?

Quizá no haga falta hablar.

Todo está en los libros.

Sólo por ellos sé que me ama.

Esta tarde he ido con mi padre a Madrid porque tenía que visitar al notario. Le he pedido que me llevara a una librería y allí he encontrado, por fin, un libro con poemas de Raúl Zurita. Es una antología de varios poetas de América Latina y la verdad es que ninguno me gusta mucho. Pero he descubierto un poema que pienso leer en voz alta el próximo jueves porque es día de exposición libre.
Lo voy a leer desnuda en la cama.
Me lo voy a aprender de memoria, de hecho. Lo voy a declamar tan alto y tan fuerte que se va a enterar.
Voy a volver a ganar.

Qué se ha creído.
En mi corazón mando yo.

Después de una discusión larguísima he convencido a mi padre de que me diera el dinero que nos mandó la abuela. Cincuenta euros sólo para mí. He comprado:
– Una camiseta de rayas negras y amarillas.
– Un libro de Nothomb que no está en la biblioteca.

Me he comprado también una barra de cacao de fresa que me comería entera. Me hace pensar en unos caramelos que trajo mamá de Cartagena de Indias una vez que volvió del entierro de una tía. Sabían así. Justo así como saben mis labios ahora. Justo así como quiero que sepan los tuyos cuando los muerda.

Esta tarde Rocío y yo vamos al Gato Gris a beber calimocho. No me apetece salir con ella y sus amigas de ciencias, pero en los baños hay una máquina expendedora de preservativos. Podría comprarlos. ¿Cómo olerán? ¿Cómo oleríamos juntos?

Ayer vomité vino tinto. No voy a volver a probarlo en mi vida.

Tengo que ensayar el poema de Zurita en voz alta.

¿Mienten nuestros cruces de miradas?
¿Mienten mis deseos?
Buenas noches.

No puedo escribir.

No sobre algo así.

Algunos poemas cuentan mi vida mejor de lo que yo la escribo aquí.

Este es de Luis Cernuda: «El tiempo de una vida nos separa, / infranqueable: / A un lado la juventud libre y risueña; / a otro la vejez humillante e inhóspita. / De joven no sabía / ver la hermosura, codiciarla, poseerla. / De viejo la he aprendido, / y veo a la hermosura, mas la codicio inútilmente. / Mano de viejo mancha / el cuerpo juvenil si intenta acariciarlo. / Con solitaria dignidad el viejo debe / pasar de largo junto a la tentación tardía».

Cuando amamos no escribimos.

¿Tiene sentido seguir este cuaderno si ya me has dicho que soy bella?

Cernuda también escribió esto sobre nosotros: «Frescos y codiciables son los labios besados. / Labios nunca besados más codiciables y frescos aparecen».

Olvídate, Helena.
Déjalo.
Déjalo ya o te mato.
Helena, te mato.

Hemos empezado un nuevo juego. Ahora yo entrego trabajos y redacciones y él me los devuelve como si fueran cartas. Creía que todo había acabado entre nosotros pero resulta que sólo estábamos escondiéndonos entre los folios y los cuadernos.

En una dice que soy impaciente.

En otra dice que soy quisquillosa.

En otra me pregunta por qué escribo con la mano izquierda.

En otra me dice que le obsesiona mi nombre.

En otra ha dibujado una ola.

En otra una lista de ciudades a las que viajaría conmigo si pudiera.

En otra una lista de canciones de su época.

En otra me promete que iremos juntos a un concierto de Depeche Mode.

No me gusta Depeche Mode.

En una nota en el borde de un examen dice «Zurita, Zurita, mi Zurita».

Y en una copia de la biblioteca del instituto del *Romancero gitano* ha subrayado a lápiz muy flojito todas las veces en las que su autor menciona las palabras «noche», «cuchillo» o el nombre de una flor.

No sé qué responder a todas esas cosas.

Escribir es complicado cuando sólo quieres decir lo que tienes que esconder.

Otra nota en el examen. Rocío casi la ve cuando me ha preguntado si he vuelto a sacar otro sobresaliente, pero he conseguido taparla con el lápiz: «Viernes a las 16.00, tutoría en mi despacho».

Tutoría, mañana, en su despacho.

Tutoría, hoy, en su despacho.

Cuando intenté leer *Lolita* por primera vez, creí que lo que tú amarías de mí serían mis rodillas. Humbert Humbert habla de Dolores y de sus rodillas peladas. La realidad es que a ti no te interesan mis rodillas. Las odias. Cuando las junté y las volví a juntar, cuando las pegué y las volví a pegar, tú las odiaste. Tu lengua en mi cuello. Tus dedos manchados de tiza en mi cara. Entonces llamaron a la puerta. Era ella. Me dejaste sola. Pero te robé un libro de Shakesperare que ahora me atormenta.

Si pudiera, volvería a empezar. Si pudiera, no lo habría mirado cuando él pronunció mi nombre. No le hubiera seguido el juego. No me hubiera inventado el mío. «Cada cual mata lo que ama.» ¿Dónde lo leí?
Tendría que matarle.

Querido Roberto. Es la primera vez que escribo tu nombre en estas páginas. Si no lo hacía, era para esconderme. Para escondernos. Nadie puede saber quién eres y sin embargo necesito saber que tú sí sabes que te escribo a ti. Y si ahora te pronuncio, es porque quiero hacerlo por última vez. Tú y yo no somos amantes. Tú y yo no somos amigos. Yo sólo soy tu alumna y lamento haberte dado a entender que quería algo más. Desde luego que alguna vez lo quise. Pero en estas últimas semanas me he dado cuenta de que así no. Así no debería ser. He leído mucho. He estudiado mucho. Para ser como tú. Odio a mi padre. No tengo madre. El resto de mi familia vive a cientos de kilómetros de aquí. Estoy sola aunque tenga cerca a Rocío. Esto se tiene que acabar. No quiero más poemas en los márgenes. No quiero buscar tu mirada en los recreos. No quiero imaginar qué imaginará tu cabeza. No quiero que lo nuestro sea lo nuestro. ¿He dicho lo nuestro? ¡Si aquí no hay nada! No soy tuya. No eres mío. Escribo esta carta con la intención de leértela en alto. De despedirme. Esta tarde, en este lugar, te digo adiós.

La culpa es mía.

Cuando he llegado de clase el diario estaba fuera del cajón. No creo que papá lo haya leído porque de ser así, tú y yo ya estaríamos bajo tierra. (Papá, no te enfades si me lees. Todo esto que estoy contando es mentira, ¿vale?)

El lunes mi vida era una cosa miserable y de pronto todo vuelve a ser distinto. ¿Y si resulta que es lo miserable lo que me excita? ¿Y si resulta que estoy hecha para odiar y amar siempre a la vez y al mismo tiempo? Lo que pasó la otra tarde en su despacho podría acabar con mi vida. Pero sobre todo podría acabar con la suya. Cuando esa mujer nos interrumpió primero sentí furia. Y luego sentí pena.

¿Y si soy yo la mala? ¿Y si la víctima es él? ¿Y si es mentira que soy Lucrecia?

«Mano de viejo mancha el cuerpo juvenil si intenta acariciarlo.»
Mis manos están manchadas.
Mi cuello está manchado.
Tus labios son tan finos como tus dientes que pinchan.
Tu barba raspándome.
Tu barba crujiente.

«Mano de viejo»: es tu mano de tiza sobre mi cuerpo.
«Cuerpo juvenil»: soy yo escondida.
«Si intenta acariciarlo»: no pudo, una mujer llegó.

Cobarde.

Eres un cobarde.

¿Tienes miedo de los cazadores de mariposas?

Ni siquiera sé volar.

No sé si abrirme un fotolog. ¿Él tendrá fotolog? Claro que no. Es viejo.

No tiene fotolog, pero hay una web de un congreso de literatura en la que se le ve en una foto de grupo. Parece muy joven. Se me ha parado el corazón al verle. ¿De verdad su boca existía antes de llegar yo para probarla?

He ido a la biblioteca y he encontrado *Viaje al fin de la noche*, de Louis Ferdinand Céline. He empezado a leerlo y me he dado cuenta de que olía muy bien. ¿Quién lo habría leído antes para dejar este aroma en sus páginas? ¿Uno se puede enamorar de una persona por cómo huelen sus libros? Creo que sí. Aunque a él ya no pueda amarle, todas las noches huelo *Lolita*.

Han llegado los exámenes trimestrales y no puedo leer. No puedo escribir. No tengo nada de lo que hablar salvo de mapas del mundo, conjugaciones verbales en francés y Unamuno.

Tengo una nota suya en un poema de Pedro Salinas. Necesita que vaya a verle. Mañana durante la función de Navidad su despacho estará vacío. Odio a Pedro Salinas, míralo qué feo sale en la foto. Mira qué cursi y qué sucio es su amor.

Querido Roberto. Ya está, ya he vuelto a escribir tu nombre. Ya he vuelto a caer en tu trampa. ¿O tú en la mía? Tus manos dentro de mí me han recordado lo mucho que deseo estar contigo. Si pudiera, sólo haría el amor. Me lo haría a mí misma todo el tiempo. Antes no sabía masturbarme. Ahora sí. Todas las tardes, al volver de clase, me toco. Lo hago con la mano derecha, la misma con la que escribo esto. Ahora que me voy unos días a Almería, pensaré en ti porque el sol me permite ver las cosas más claras. Pensaré en la cara que se te ha quedado cuando me he ido del departamento. Cuando te dejé allí abandonado, con tu pene duro. Lo noté demasiado cerca y peligroso. Eres como una margarita que ahora yo deshojo. Ya no me impresionas. Ahora mando yo. He leído un cómic de una superheroína que adquiere sus poderes después de tener sexo con un viejo mago. ¿Por qué os gusta tanto imaginaros que nosotras aprendemos de vuestra decrepitud? Mano de viejo mancha el cuerpo juvenil si intenta acariciarlo. Tú mismo me lo dijiste. Aquí me tienes, cada vez con más superpoderes y con mucha hambre. El sexo me da hambre. Quiero comer de todo. Quiero sentir todos los sabores. Me voy unos días de esta ciudad horrorosa. Le pediré a mi abuela que me enseñe a cocinar hasta dar con la textura exacta de tu mano en mi agujero y de tu diente en mi cuello y de tu polla latiendo pegadita a mí. Lo llamaré: «La delicia del profesor» y lo serviré bien caliente cuando tenga ganas de llorar.

Ya sé hacer pulpo al horno con especias como el de la abuela. Me encanta cocinar con ella. Tiene unas manos tan delgadas, tan hipnóticas. Es una de las pocas personas con las que me gusta estar ahora mismo. Estoy convencida de que si le contara lo nuestro, ella lo entendería. Sólo quiere verme feliz, no como mi padre, que es tan cabrón como tú.

¿Qué estarás haciendo?
¿Te habrás divorciado?
¿Te estarás haciendo pajas pensando en mí?

He salido con mis primos por el centro de Almería y me he liado con Carlitos, un amigo de ellos que estudia bachillerato de artes y que tiene la oreja izquierda llena de pendientes. Tenía los ojos verdes y besaba muy mal, pero me ha gustado esa sensación de probar «lo joven». Tiene un año más que yo y sabía a una mezcla de cerveza y pipas. Carlitos tenía los brazos muy finos y un vello rubio que los recubría. Le he metido la mano por debajo de la camiseta y su cuerpo era muy delgado. Me ha dicho que no era virgen, le he asegurado que yo tampoco. Carlitos no tiene barba.

Carlitos no mueve la cadera en círculos sobre mí.

Carlitos no eres tú.

En Almería sólo hay dos librerías. He pasado la tarde con Carlitos en una de ellas y me ha robado un ejemplar de *La insoportable levedad del ser*. Me lo he leído de un tirón esta mañana en el tren a Madrid. Me ha hecho pensar en el tipo de persona en el que quiero convertirme. De mayor quiero tener esas vidas tan emocionantes que tienen sus personajes. Todas. Muchas. Mías. De mayor quiero tener un perro y muchos maridos. Muchos maridos que vengan a casa y me preparen café y me regalen libros robados como Carlitos. Deseo muchos maridos. Pero lo que más deseo es que ninguno se parezca a ti.

Mañana te veré y qué ocurrirá.

Hoy te veré y qué ocurrirá.

Dices que soy adictiva. Dices que te gusto. Yo digo que eres adictivo y que me gustas y que me encantaría hacerte el amor, pero eso lo estropearía todo. Estoy segura. Lo he sabido en cuanto he visto tu rostro enrojecido. En cuanto te has bajado los pantalones y me has mostrado esa cosa enorme que no he querido lamer. ¿Qué se supone que debo hacer con eso? ¿Cómo puede ser tan feo lo que a ti te da placer y lo que a mí me atrae hacia el placer? ¿Cómo puede estropearlo todo?

Algunas veces pienso en una de las pistolas de mi padre clavándose en mi sien. A veces pienso en apretar.

Sé que una polla lo estropea todo. Estoy segurísima. Lo he leído en el libro de Vladimir Nabokov: cuando llega el sexo, la magia se acaba. Lo he leído en el libro de Lisa Dierbeck: cuando el chico consigue tocar a Alicia, la magia se desvanece. Lo he leído en el libro de Almudena Grandes: el sexo empacha.

¿Qué hacemos entonces con tu polla?
«Bésala», me decías impaciente. «Bésamela, Helena.»
Pero ¿cómo voy a besarla si sé que ese es nuestro fin? ¿Nuestro límite?

Si lo hago bien: nos moriremos.
Si no lo hago bien: nos moriremos.
Entonces ¿qué va a pasar ahora? ¿Y por qué en los libros que se acumulan en mi mesilla hay respuestas para todo menos para esto?

Deja de jugar conmigo y dejaré de jugar contigo.

Nuestra caída es imparable.

Las pollas son feas.
Siempre agazapadas.
Luego se hinchan y nos amenazan.

Dice que soy egoísta.

Dice que nos volvamos a ver.

Dice que no le mire de esa manera en clase.

Dice muchas cosas pero yo ya no escucho.

Como a Rocío no le puedo contar nada de esto, he buscado «lolitas» en una sala de chat de Yahoo. ¿Habrá más chicas como yo? ¿Perteneceremos a un club secreto?

¿Y si en realidad todas las chicas de quince años de este planeta guardan secretos como el mío?

¿Y si no estoy sola?

Existe un grupo cerrado. Se llama «loleetas» pero nunca hay nadie en la sala.

Me he vuelto a conectar y había diez usuarios. No he encontrado nada más que chicos que me preguntaban ¿tienes cam?, ¿edad?, ¿están tus padres en casa?

Ni siquiera cuando las busco las encuentro.

No puedo hablar con ellas, con mis hermanas. Sólo veo a gente queriendo mi coño en una pantalla. No os lo voy a dar. Aunque a veces me gustaría dároslo, es mío.

Quien lo quiera, que me quiera a mí también.

Primavera, acábate pronto.

A veces deseo la anemia.

Me rozaste la mano en el pasillo.

Rocío me ha dejado un cómic, *Ghost World*, de Daniel Clowes. Pensaba que iba a ser malo, pero me está gustando. Lo que no sé es por qué me ha dejado algo así. Va de dos amigas que dejan de serlo por los secretos que se guardan. Empiezo a pensar que es hora de contárselo.

La protagonista de *Ghost World* también se acuesta con un hombre mayor. Hay lolitas en todas partes menos en el chat de «loleetas».

Mi padre cree que me pasa algo porque he adelgazado tres kilos de golpe.
Amar adelgaza, pero odiar te puede matar.
A veces tengo ganas de comer carne cruda.
Otras veces me gustaría morir desnutrida.
Amar me consume.

Las noticias contaban la historia de un «presunto pederasta» que acosaba a sus alumnas de doce y catorce años en clase de gimnasia. Estábamos comiendo en casa de Rocío y su madre dijo: «Qué espanto, deberían encarcelarlo de por vida». Rocío no dijo nada y yo casi me eché a llorar. ¿Por qué alguien mayor desearía a una niña? ¿Por qué tú me deseas a mí si sabes que está mal? ¿Por qué al pensar en estas cosas siento que me quemo? Tengo ganas de enseñar este diario a todo el mundo para que tú también acabes encarcelado de por vida mientras la madre de Rocío insulta tu imagen en el televisor y en la mesa hay una fuente de sopa.

Un poema de Pedro Salinas:

No me fío de la rosa
de papel,
tantas veces que la hice
yo con mis manos.

He encontrado a la primera lolita de verdad en el chat. Se llama Nuky. La he agregado al Messenger. He hablado con ella, tiene dieciséis años y vive en Asturias. Es gótica y dice que se ha acostado con un hombre de cuarenta y siete años que es amigo de su padre. Dice que le gusta el sabor de su semen, y que si yo estoy enamorada de alguien mayor, es lo mejor del mundo, porque los de nuestra edad no saben meterla. Le he dicho que yo no quiero sólo que me la metan, que quiero algo más profundo. Me ha dicho que no busque algo profundo ni con un tío mayor ni con un tío joven. Dice que si no quiero sufrir, que me suicide. Le he dicho que se suicide ella y la he bloqueado. Quizá ni siquiera fuese una chica gótica de dieciséis en Asturias.

Nuky me ha mandado un email y me ha dicho que siente lo del otro día. Me ha asegurado que tiene más direcciones de lolitas por si quiero entrar en la comunidad.

«La comunidad». Suena a algo peligroso. Ahora no puedo hacer cosas peligrosas. Tengo que estudiar. Mañana hay clase contigo.

Dices que quieres verme desnuda otra vez.

Verte a solas es cada vez más violento, como escribir.

He ido a verte al departamento para devolverte *Pájaros de fuego*, pero en el despacho estaba el profesor de filosofía. Me ha mirado mal. Lo sabe. Sé que lo sabe. Creo que nos están espiando.

Dice Nuky que hay muchas como nosotras. He visto una foto de Nuky en su fotolog y es muy fea. Pero tiene buenas tetas. Dice que eso es lo que les gusta a los hombres mayores. Las niñas feas con tetas grandes. Las mías son pequeñas. Le he mandado el poema de Baudelaire sobre los senos de la luna y dice que cuando cumpla los dieciocho se lo va a tatuar.

Rocío quiere que vaya a Madrid con ella. No me apetece mucho. Tampoco creo que mi padre me deje. Ella ha quedado con Pablo en Méndez Álvaro para ver una película de miedo. Cree que será «el día».

Nuky me ha agregado a un foro en el que una chica ha contado que a ella le gusta hacer de todo menos penetración vaginal. Dice que es su manera de engañar a su «pd». Así es como si todavía siguiera siendo virgen. He preguntado qué es «pd» y me han dicho que «pedófilo», pero que no les gusta usar ese tipo de palabras y menos todavía en internet. No entiendo cómo existen palabras tan bonitas para designar a una niña que siente atracción por hombres mayores, como «lolita», pero luego existen palabras tan horribles para ellos como «pederasta». Será que son horribles.

Hoy le veo. Hoy le tengo que decir que no quiero tener nada que ver con un «pd».

Te dije que no y lo hiciste.
Te dije que no y lo hiciste.
Te dije que no y lo hiciste.

Me ha dejado moratones por todo el cuerpo. Yo sólo quería besarle y él me ha empujado contra la estantería. Por un momento no podía respirar.
¿Desde cuándo los besos se convirtieron en golpes?

Dentro de dos semanas será su cumpleaños.

Cuarenta.

No puedo regalarle nada porque todo lo que podía darle ya me lo está robando.

En el chat vuelven a ser todo tíos. Las chicas del otro día han desaparecido. Nuky no contesta. Creo que se piensa que yo también soy un tío porque nunca he querido poner fotos de cara en el Messenger. Quizá Nuky sí que era un tío.
Lo sospeché siempre.
Ya no sé nada.

Se ha leído el cómic que le presté. Es la primera vez que lee algo que le he descubierto yo y se ha burlado asegurando que se trataba de una lectura «mediocre». Me ha dicho que sólo me gusta porque me reconozco en la protagonista, esa mujer que tiene muchos poderes y que los adquiere al acostarse con un mago viejo. Le he preguntado si lo decía porque se considera a sí mismo un anciano. Se ha enfadado. Le he preguntado si acaso no será al revés. Si adquiere sus poderes mágicos cuando me mete el dedo en el coño y me hace tanto daño. Se ha enfadado otra vez. Yo me he ido del departamento llorando.

Querido Roberto: es la tercera vez que digo tu nombre en estas páginas. Espero que sea la última. Todavía quedan algunas horas para que acabe el día y por lo tanto aún es tu cumpleaños. Hoy te he regalado una mamada. No es la primera vez que te beso la punta de ese monstruo, pero sí la primera vez que me atraganto con tu polla. Casi vomito. ¿Te imaginas que me llego a morir así? Me hubiera gustado ver tu cara explicándoselo a las autoridades. Conociendo tu labia, te habrías librado. «¡La culpa fue de ella, que no sabía mamarla!» Claro que no sabía, pero tú podrías haberte detenido. Podrías haberte dado cuenta de que yo lo odiaba. Luego me has puesto contra el escritorio. Sé que lo sabes. Te acuerdas muy bien porque tus manos todavía deben apestar a mi sexo. Pero quiero recordártelo. Así que léelo otra vez: te tuve miedo. Menos mal que sonó la campana del recreo y pude salir de allí. He llorado. Mi padre cree que es porque me he peleado con Rocío y Rocío está convencida de que es porque me he peleado con mi padre. No te mereces lo que siento.

La habitación oscura.
La mano oscura.
La mano manchada.

No me vuelvas a dirigir la palabra.

No tengo a nadie a quien pedir ayuda.

¿Se lo cuento a Ro?

La otra noche oí una conversación entre papá y Ale. Estaban hablando de su restaurante. La cosa no va bien para el tío. Mi padre le ha dicho que por aquí las cosas sí van bien. Que está orgulloso de mí. Que leo y estudio mucho. Le ha dicho que si mi madre pudiera verme, estaría orgullosa y que le recuerdo a ella. No sabes lo que dices, papá. Mamá no querría verme así. No leo para estudiar. Leía para impresionar a un hombre. Y ahora esos libros me han fastidiado la vida. Debería haber sido una adolescente sencilla y divertida. Salir con Ro y Pablo. Fumarme un porro en el parque. Pelearme contigo para que me dejaras salir a beber calimocho. Ser otra cría normal.

Odio la poesía.

Estudiar otras cosas me libera la mente. Leo geografía. Leo gramática francesa. Me he arrancado la piel de alrededor de las uñas. Igual que él. He ido a un locutorio para llamar a casa de mis abuelos en Barranquilla, pero esas personas al otro lado de la línea no parecían tener relación alguna con mi madre.

Miedo.

Me ha regalado un libro de Alfonsina Storni.

Más miedo.

Alfonsina Storni escribió:
«A pesar de mí misma te amo; eres tan vano
como hermoso».

Mi padre se ha matado.

No hay nota.

Mi padre se ha matado en el restaurante. Me ha llamado la policía
desde la Ciudad del Aire. La abuela llega mañana. Hoy duermo en
casa de Rocío.

Se ha matado allí para que yo no encontrase su cadáver. Para seguir
protegiéndome como hizo con mamá. Ha querido ocultarme los
cadáveres del mundo hasta el último instante. Pero se ha equivoca-
do. Porque al final lo he sabido: papá estaba tirado en el suelo, entre
la sangre y los sesos, como un cerdo.

Ha utilizado su pistola. Yo sé dónde la escondía. Como todas las
demás. Conozco sus escondites secretos. Le gustaban las pistolas.
Más aún las escopetas. Mi madre lo odiaba, pero él estaba suscrito
a una revista de caza. Siempre había pensado que si alguien iba a sui-
cidarse en casa, esa era yo. Pero mi padre se ha matado a los cuarenta y cinco años. Es un mierda. Un mierda que me ha dejado sola. Es
más cobarde que yo.

La madre de Rocío tiene las ojeras hinchadas. Creo que ha estado llorando toda la noche. Rocío me ha preguntado por qué no lloro y yo le he dicho que porque lo que siento es rabia.

Dale este cuaderno. Dáselo a Rocío o quémalo.

Cuanto más escribas, más sabrán. Cuanto más sepan, más te odiarán. Cuanto más te odien, más querrás huir. Cuanto más huyas…

Tú ni siquiera me has dado el pésame.
¿Por qué no me llamas?
¿No te importa mi dolor?

Llevo dos semanas sin ir a clase. Sólo visto de negro. La abuela y el tío Ale han venido a ayudarme con el final de curso. Me han prometido que me llevarán a Almería en cuanto este infierno acabe. Echaré de menos a Rocío, pero no hay tiempo que perder.

Dale el diario a ella. Dáselo. No vuelvas a escribir nunca.

Cabrón, polla fea, cara tonta, viejo loco.

Se acabó. Adiós a esta ciudad de mierda.

Querido Roberto: esta es la última vez que escribo tu nombre porque mi voz se acaba. Nos vemos en tu funeral. O quizá en el mío.

36

Entraba una luz del color de la mantequilla en la habitación del hotel. Helena levantó ligeramente el rostro y miró hacia la ventana. Le dolía el moflete derecho. Al tocárselo se descubrió la cara estriada. Se había quedado dormida sobre el cuaderno y sus páginas aún estaban calientes. Revisó otra vez las últimas páginas y le divirtió la idea de que cualquiera de sus protagonistas cobrara vida y emergiera desde los renglones con el rostro manchado de tinta.

¿Qué le diría a su yo de quince años si la encontrara?

¿Qué le respondería ella?

Tenía un hambre inmensa. Marcó el número de recepción para preguntar si a esa hora aún quedaba desayuno en el bufé. La cocina cerraría en cinco minutos pero si bajaba rápido al salón, aún podía comer algo.

Se puso el vestido del día anterior, se recogió el cabello en un pequeño moño que sujetó con un bolígrafo que había sobre la mesilla de noche y salió de la habitación con prisa.

La recepcionista no le había mentido: todavía podía picar algo, pero sólo quedaban manzanas moteadas, café recalentado en unas jarritas blancas, minúsculas pastas de té y varios litros de yogur natural que debía de llevar expuesto en aquellas vitrinas desde primera hora de la mañana. Decepcionada, pidió que uno de los camareros le trajera la carta del menú del parador y, aunque los platos no entraran en el precio de la reserva, Helena solicitó que le subieran a la habitación un café *macchiato*, un brownie de chocolate con nata montada, una macedonia de frutas silvestres y un zumo de naranja, manzana, jengibre y zanahoria.

Luego regresó a su cuarto, se quitó el vestido y se enrolló en el edredón como si fuera un chaleco antibalas.

El edredón era su crisálida, su capullo, su pupa.

Le encantaba esa palabra: «pupa». Se quedó pensando en ella un rato mientras se miraba en el gran espejo del armario. Recordó el viaje que hizo con Seb a Transilvania el octubre pasado, donde habían averiguado que «pupa», en rumano, también significaba algo parecido a «beso». A Helena le gustó el descubrimiento, aunque durante aquel puente ellos no se hubieran dado ni uno solo.

Ni aquella palabra mágica, ni los paisajes verdes y frescos de Cluj-Napoca, Sibiu y Braşov lograron disolver el fuego de una pelea cuyo detonante tampoco recordaban. Estuvieron tres días sin hablarse. Comieron carne de vaca cocinada en vino rojo y polenta rociada con salsa de queso sin hablarse. Comieron setas y calabacines fritos y también bebieron litros de cerveza por menos de un euro, sin hablarse. Comieron pretzels trenzados en los puestecillos de la Piaţa Mare, sin hablarse. El último día de las vacaciones, en el hotel de las afueras de Sibiu donde la conexión del wifi era pésima, Helena recibió un e-mail muy largo que Sébastien le había mandado desde la habitación contigua. Habían pedido habitaciones separadas porque el precio era ridículamente bajo. Seb intentaba disculparse con largas frases afectadas y excesivamente cariñosas. Desde entonces, las parrafadas sentimentales se volvieron una costumbre después de cada discusión acalorada. Y las discusiones acaloradas se convirtieron en otra costumbre cada vez más difícil de evitar.

Cuando se peleaban en Barcelona, Seb se marchaba a una cafetería con el MacBook bajo el brazo. Allí se pedía una tila, se ponía los auriculares a todo volumen y redactaba tres o cuatro cuartillas plagadas de buenas intenciones.

Al recibirlas, ella siempre temía que pudieran ser las últimas. Envuelta en su crisálida, encendió el móvil y deseó que en la bandeja de entrada apareciera el nombre de Sébastien Isaia.

Tres golpes rítmicos hicieron retumbar la habitación.

Helena tiró el móvil a la cama y salió a abrir la puerta envuelta en su capa. Al otro lado, un chico que no pasaría de los diecinueve años, llevaba el uniforme del parador y empujaba un carrito plateado. Tenía una boca bonita que Helena miró embobada hasta que él sonrió. Sus paletas estaban ligeramente separadas como las de un niño que todavía no ha perdido los dientes de leche.

Quizá lo fueran todavía. Quizá todo él estuviera hecho de leche.

Miró su identificación. Se llamaba Juan de Dios.

Juan de Dios levantó la campana de cristal que cubría el desayuno y con su acento centroamericano preguntó si quería azúcar en el café. Helena odiaba que le pusieran azúcar en el café, pero pensó que no le importaría mirar a Juan de Dios removiendo la cuchara en la taza de su *macchiato*. También pensó en lo mucho que le gustaría dejar caer el edredón al suelo. Que el saco de plumas nórdicas rodara desde sus hombros, revelando su cuerpo cubierto sólo por un sujetador negro y las bragas del día anterior.

El teléfono que había dejado sobre la cama empezó a sonar y Juan de Dios se despidió de ella con un saludo amable. Helena no llegó a contestar la llamada, pero enseguida recibió la alarma de un mensaje en el contestador. Esa voz tampoco era la de Sébastien:

«Hola, soy yo otra vez, disculpa la insistencia. Ayer por la tarde fue la cremación. Ya estoy sola. Necesito verte. Si sigues en Madrid, ¿podrías acercarte a mi casa esta noche, por favor? Creo que ya sabes dónde está. El piso es el ático A. Ven antes de las ocho. Habrá vino».

37

—¿Qué es lo que sueles hacer con tu mujer en la cama? ¿Lo mismo que conmigo?

—No creo que te apetezca hablar de eso ahora.

—Me apetece.

—Pues a mí no. Acabamos de acostarnos, hablemos de nosotros.

—¿Crees que tu mujer me olerá?

—Me ducharé al llegar a casa.

—Yo puedo olerte desde la tercera fila de clase. Estoy segura de que ella puede olerme en tus manos desde el otro lado de la ciudad.

—Eso es cierto.

—Es sangre.

—¿El qué?

—Lo que tienes entre las uñas. Es sangre.

Roberto levantó la mano y la puso a la luz del fluorescente del despacho. Tenía las yemas de los dedos marrones.

—¿Le haces esto a tu mujer? ¿Le haces tanto daño como a mí?

—No te hago daño.

—Cada cual mata lo que ama.

—¿Qué?

—Que cada cual mata lo que ama. Lo leí en un libro.

—¿Me estás pidiendo que te lo vuelva a hacer?

—Preferiría un cuchillo.

38

El brownie no era bueno, pero la ayudaba a pasar el mal trago de estar viva. El café ya estaba frío, pero la ayudaba a enfadarse con el servicio del hotel y a distraerse de pensar en Roberto. Y el zumo tenía demasiada pulpa, pero pensaba que Juan de Dios habría exprimido esas naranjas con sus grandes y oscuras manos.

Helena llamó a la recepción para avisar de que alargaría su estancia. Puso el cartel de «No molestar» en el pomo y empezó a llenar la bañera con agua muy caliente. Mientras el espejo del baño se teñía de blanco, pensó que en algún momento tendría que contarle a Seb que no sabía cuándo iba a regresar a casa. Llenó un poco más la bañera, se quitó la ropa interior y se hundió por completo en ese líquido que había perfumado con todos los jabones de la cestilla del baño. Hundió la cabeza y se imaginó como un feto en el vientre de una sirena.

¿El líquido amniótico de Rocío estará así de calentito?

Helena se quedó ahí abajo, contando los segundos que su cuerpo era capaz de resistir sin oxígeno. Cuando su cabeza salió al fin del agua y sus pulmones se volvieron a llenar de aire, tuvo la sensación de que había pasado allí dentro una eternidad. Estaba segura de que si salía a la calle, no reconocería la ciudad. De que si miraba los mensajes de su teléfono, Seb, Eudald, Antonia y sus amigas habrían dejado de preguntar por ella. Abrió de nuevo el grifo y dejó correr el agua fría, todo, salvo sus dedos arrugados como la corteza de un nogal, volvió a la normalidad. Antes de salir de la bañera, se hundió una vez más en el agua y abrió los ojos para ver cómo la luz fluorescente del servicio se filtraba entre las burbujas de la espuma. ¿Cómo serían los orgasmos debajo de esa agua tibia y burbujeante? ¿Le daría tiempo a correrse en los segundos que su capacidad pulmonar le concedía?

Su imaginación pasó velozmente por los labios de Juan de Dios. Por su dentadura blanca que se le clavaba en los pechos dejando la marca roja de su diastema.

Desnuda y empapada frente al espejo, Helena intentó cepillarse el cabello con un pequeño peine que había en la cesta del baño. Sus púas eran tan breves que se doblaban cada vez que se quedaban atrancadas en el enredo. Era como si el nudo negro hubiera crecido en las últimas horas. Optó por ocultarlo recogiéndoselo en un moño.

Aún tenía que escribir a Sébastien. Y a Laura. Aún tenía que inventarse la sinopsis de una crónica para mantener a su jefe tranquilo. Apagó el móvil, lo guardó en el bolso y se puso unas bragas limpias y un vestido.

En la calle, le sorprendió el olor a hierba mojada. El aire, todavía muy frío, se había cargado del polvillo primaveral que desprenden los cipreses que custodian las aceras hasta la plaza de Cervantes. Caminó hacia el centro con las manos metidas en los bolsillos y escuchando las conversaciones de los grupos de estudiantes que pasaban a su lado. No había llegado al final de la avenida cuando se dio cuenta de que en una de las perpendiculares comenzaba la estrecha calle en la que una vez su madre había querido comprar un local para convertirlo en su centro de estética.

Desde que era niña había visto cómo ese espacio había mutado de discreto Blockbuster a locutorio argelino y a tienda de ropa para bebés. Helena no podía creer la broma del destino: casi quince años después de la última vez que pisó esas calles, el local se había convertido en una peluquería de la cadena PelosVan. Esas en las que nunca había que pedir cita y en las que las dependientas despachaban piernas peludas como si estuvieran cortando fiambres. Se asomó y observó las manos de la peluquera en una cabellera rizada y los mechones amontonados y esparcidos por el suelo. Imaginó cómo quedaría su enorme enredón descuajado y abandonado sobre las baldosas de color rosa, pero no se atrevió a comprobarlo.

Continuó paseando. Los jubilados que pasaban a esa hora parecían vestir las mismas trencas marrones que hacía dos décadas. El mercado desprendía el mismo olor a pez muerto que en su adolescencia. Los estudiantes de la facultad de letras tomaban café en la misma cafetería y probablemente pedían la misma oferta de café con leche, porras y zumo de naranja, mientras leían los mismos clásicos fotocopiados y subrayaban sus páginas con rotulador fosforescente. Se fijó en una veinteañera que leía *Cien años de soledad*. En un universo paralelo en el que su madre no hubiera muerto, o en el que Roberto no se hubiera acostado con ella, o en el que su padre no se hubiera matado, esa joven podría haber sido ella.

Pese a todo, se alegró de no serlo.

39

—¿Qué dirías si tuvieras que escribir sobre mí?

—Hablaría de tu coño.

—¿Qué dirías sobre mi coño?

—Que es como esa ola que te arrastra y te voltea un día de viento en la playa. Que lamerlo es como masticar las hojas de un árbol frutal.

—¿Y cómo es meter la polla en el coño de una lolita?

—Eso es algo que todavía no he probado.

—¿Por qué no lo has probado?

—Porque ella me lo niega.

—¿Por qué crees que te lo niega?

—Dímelo tú.

—Quizá porque no has demostrado lo suficiente el hambre que sientes por él.

40

Todavía no tenía hambre. Además, si quería llegar a tiempo, debía apretar el paso. Lejos otra vez del centro de Alcalá, Helena notó cómo los edificios dejaban de ser bonitos para convertirse en esos armatostes de ladrillo visto construidos en los años setenta. Se estaba adentrando en el Val. Lo supo en cuanto las calles se alargaron y los comercios se tornaron cada vez más humildes. Lo supo cuando cruzó el paso de cebra de prioridad peatonal en el que un coche arrolló a Fernanda. Y lo supo cuando al fondo de la silueta del antiguo ambulatorio, ahora medio derruido, divisó el edificio del instituto Complutense.

Era casi la una y media. La campana no tardaría en sonar. Algunos adolescentes se fueron acercando a las puertas de metal de la salida y encendían sus cigarrillos mientras miraban los móviles, para luego abrazarse como si no fueran a reencontrarse en las clases de la tarde. Nada más sonar la alarma, los chicos salieron en estampida. Helena prefirió observar atentamente a las niñas. Casi todas iban maquilladas. Parecía que se hubieran puesto de acuerdo en dibujar la misma línea negra sobre los párpados. Todas llevaban pitillos que realzaban y camisetas con mensajes de empoderamiento. Sorprendentemente, también todas tenían aspecto de haber hecho el amor.

Helena tenía ganas de acercarse a ellas y tocarles el rostro. Quería decirles que tuvieran cuidado. Que no se equivocaran. Que no se dejaran llevar por esos hombres. Que aprendieran a tocarse. Que ellas solas podían alcanzar el placer. Que no necesitaban a nadie más, y menos a un hombre egoísta. Y lo más importante: quería decirles que no se rebajaran a probarlo, porque de lo contrario no habría vuelta atrás.

Pero ¿qué hacía una mujer de treinta mirando a unas niñas en la puerta de un centro escolar?

Helena retrocedió unos pasos y miró su reflejo en la cristalera de un portal contiguo al instituto. Se acordó entonces de un cuento de Anaïs Nin en el que un coleccionista de pájaros asusta a las niñas de un colegio cuando les enseña el ave que él mismo guarda entre las piernas.

41

—¿Y si fueras tú la que tuviera que escribir sobre mí?

—Yo escribo sobre ti todos los días.

—Ah, ¿sí? Qué sorpresa. ¿Y puedo leer lo que escribes?

—Es mi diario secreto.

Roberto se relamió los labios y apretó su cuerpo desnudo contra el cuerpo desnudo de Helena.

—Seguro que escribes sobre mi polla. Espero que lo guardes bajo llave.

—Estás obsesionado con el sexo. Pareces tú el niño. Hay gente de mi clase menos tonta que tú.

—Pero te encanta que sea así.

—Qué va. Escribo sobre todo lo que me da miedo.

—¿Y qué es lo que te da miedo? ¿Mi polla?

—No: el final. Todos los libros que leo acaban mal. Según ellos, no tenemos futuro.

—Pero tú no eres la protagonista de un libro, Helena.

—Mi miedo no cabe en los libros.

—Yo puedo escribir uno para ti si quieres.

—Uno con final feliz.

42

La librería Diógenes cerraba en treinta minutos. Allí había robado muchos libros cuando tenía quince años. Le hizo gracia la idea de robar uno ahora. Cualquiera. El primero que le llamara la atención. ¿Qué importaba si la pillaban? No tenía nada que perder.

Helena abrió la puerta y a su paso sonó una leve campanilla. Allí dentro nada estaba como lo recordaba. Ahora, en la entrada sólo había best sellers, poemarios de *booktubers*, libros infantiles y manuales de autoayuda. Los libros que a ella le interesaban se encontraban al fondo del establecimiento, lo que dificultaría su huida. Ojeó los volúmenes de la sección de clásicos y cogió una edición ilustrada de *Las metamorfosis* de Ovidio. Buscó la escena en la que el cuñado de Filomela le corta la lengua para que no pueda denunciar su violación. La ilustración era preciosa. En vez de una lengua, lo que salía de la boca de Filomela era un tulipán granate cuyos pétalos habían estallado en mil pedazos, cubriendo toda la página. Quizá la violada no pudiera hablar, pero su dolor y su rabia ya se habían esparcido por el papel. Helena sentía la tinta chorrear incluso por su propio brazo, pero enseguida se dio cuenta de que la presión caliente que sentía era la mano de una mujer.

—Tú estuviste ayer en el velatorio de Roberto, ¿verdad?

Helena se acordaba perfectamente de ella. Ahora tenía más canas y la forma de sus prominentes y oscuras ojeras recordaba a medio dónut de chocolate. Aunque se notaba que había cumplido los cincuenta, vestía como si intentara aparentar veinte menos, y llevaba un pin con la cara de Susan Sontag en el suéter.

—Estuve un rato —contestó Helena mientras devolvía *Las metamorfosis* a su estantería.

—Menuda pérdida, ¿eh?

—Sí…, terrible.

La librera permaneció inmóvil a su lado.

—¿Puedo preguntarte de qué lo conocías?

—¿A él? Apenas tuvimos relación. A quien sí conozco es a Laura.

—¿A Laura? ¡Dios mío, Laura es magnífica! Lo siento tanto por ella… Han sido unos meses agotadores. —La librera se ajustó un momento la chapa y siguió preguntando—: ¿Eres del coro?

—No, qué va. Soy su sobrina. —Helena creía que inventándose aquello la dejaría tranquila.

—¿De la familia de Toledo o de la de Tarragona?

—Tarragona —dijo abriendo mucho las vocales.

—Es un detalle por tu parte haber venido a apoyarla. ¿Llevabais mucho tiempo sin veros?

—Así es. Mucho tiempo. Ya sabes, las familias a veces se distancian, nadie sabe muy bien por qué.

La mujer pareció satisfecha con su comentario.

—Me llamo Cristina, por cierto. Esta era la librería preferida de Roberto. Bueno, y la de Laura.

—Yo me llamo Filomela.

Parecía que Cristina iba a marcharse, pero aquella revelación le hizo torcer el gesto. La curiosidad podía con ella.

—¿Te vas a quedar mucho tiempo por Madrid?

—No lo sé, el que mi tía me necesite. En realidad, nos estamos conociendo.

—¿Y no trabajas?

—Sí, claro. Soy empresaria. De una línea de cosméticos naturales. —Helena se tocó el moño e introdujo el dedo índice en la masa de pelo hasta que notó la bola gruesa y áspera del nudo que se escondía en su interior.

—Qué bien, qué bien. ¡Arriba las mujeres emprendedoras! Ya le pediré referencias a Laura. Me vendrían bien unas cremas para esta cara.

Helena se apresuró a cambiar de tema. No quería tener que ponerse a inventar las propiedades de su gama de aguas micelares.

—Por cierto, quiero regalarle algo de aquí a mi tía, pero no sé qué le gusta. ¿Me ayudas?

—Bueno, a ella le gustan muchas cosas, ya sabes que es muy lectora. Más que Roberto. Pero él tenía esa aura de literato. De bohemio, ¿me entiendes?

—¿Qué crees que le puedo llevar a Laura? —insistió Helena.

Cristina se quedó en silencio un momento. Se agachó y sacó de una caja de cartón un puñado de albaranes.

—Mira, me llegó un libro que parecía prácticamente descatalogado y que ella intentó regalarle hace semanas. Le emocionará tenerlo. Aunque no será exactamente una sorpresa.

—Me conformo con ese. Gracias.

Las dos forzaron una sonrisa y Cristina se metió en el almacén. Helena miró la puerta de la calle y sintió la tentación de coger la versión ilustrada de Ovidio y salir de allí corriendo. Prefirió esperar. A ella también le pudo la curiosidad. ¿Qué libro podía haber elegido Laura para Roberto semanas antes de perderlo?

—Aquí lo tienes.

—La portada está descolorida.

—Además es un poco cursi. Supongo que tiene que ver con el tema del libro.

—¿Puedo?

Sin quitarle aún el plástico, Cristina se lo entregó y al tenerlo en las manos pudo leer la contraportada. «He aquí a la verdadera Lolita. Maliciosa, descarada e ingenua, capaz de otorgar favores sexuales a cambio de un helado, capaz de arrancar la carcajada más delirante, capaz de conmover hasta las lágrimas».

Fue como si el libro soltara una descarga eléctrica.

—¿Seguro que es este?

—Sí, claro. Te has puesto pálida. ¿Algún problema, Filomela?

43

Tenía tantos problemas que apenas podía contarlos con los dedos de las manos.

La primavera era mentira. Afuera diluviaba.

Al encender el teléfono, lo primero que encontró fue una notificación de su banco que alertaba: «Revise sus cuentas, a punto de quedarse sin saldo».

Mensaje de Eudald: «¿Me vas a mandar el artículo?».

Mensaje de Loreto: «Tía, que Seb se ha puesto "soltero" en su descripción de Facebook, WTF».

Era la hora de comer. No tenía hambre. Y eso era muy raro.

La ropa se le estaba empapando.

El bolso se le estaba empapando.

Si no se refugiaba en algún soportal, el libro también se le acabaría empapando.

¿Dónde se come a esta hora en una ciudad desierta?

¿Qué se come a esta hora en una ciudad desierta?

Recordó que entre la librería y la catedral había un enorme patio interior en el que siempre iban abriendo y cerrando nuevos restaurantes. No quiso mirar reseñas en TripAdvisor. No consultó guía alguna. Nada más llegar a la placilla, sus ojos se fijaron en una tasca llamada Azules, cuyas paredes estaban forradas de azulejos que le hicieron pensar en las fachadas lisboetas. El restaurante no era portugués. Lo que servía eran platos típicos de aquella zona de Madrid y ella llevaba mucho tiempo sin probar un buen cocido.

Helena pidió un menú degustación que no parecía demasiado caro, cuyo atractivo principal era la «cazuelita de cocido madrileño». En Barcelona jamás le servirían una cosa así, y menos por once euros. Allí los restaurantes familiares los habían tomado al asalto directores de marketing que imprimían menús con tipografías modernas y que ponían grandes lámparas sobre las cabezas de los clientes para que incluso el azucarero fuera una pieza digna de subir a Instagram. En Barcelona las tapas tenían el tamaño de la merienda de un hospital y costaban lo que una ración en cualquier otro punto de la península. En Barcelona los restaurantes más modernos ya no cocinaban para comensales analógicos, sino que servían sus ostras, sus raciones de bravas y sus vermuts en cajas y vasos de plástico que un ciclista llevaba hasta la casa del cliente. En Barcelona también había algunos rincones discretos, vírgenes, excepcionales. Pero casi todos pertenecían a amigos íntimos de Eudald y a ella le desesperaba la idea de estar cenando con Seb y que el intenso rastro a perfume de Yves Saint Laurent de su jefe entrase de pronto.

—¿Estás bien? ¿Seguro que te apetece estar aquí? No paras de mirar hacia la puerta.

—Es que quiero que nos sirvan ya las bebidas.

—Calma. Disfrutemos. Gracias por descubrirme esto. Es lo único que me gusta de que trabajes tanto.

El restaurante Azules no olía a perfume sino a cerdo y a puerro: era el paraíso. Reconocía ese aroma porque Amador preparaba cocido todos los domingos. De hecho, era lo único que su padre cocinaba en casa. Ella le criticaba, como siempre. Que si demasiada baba en la sopa. Que si los garbanzos duros. Que si el morcillo era insípido. Allí sentada, mientras de la cocina emergía una hilera de vapores que llegaban serpenteando hasta sus fosas nasales, Helena quiso estar con su padre. Pedirle disculpas. Quiso decirle que su cocido era increíble. Que lo añoraba mucho.

En vez de eso, pidió un vino blanco y tecleó algunos mensajes. «Tengo el tema, estoy en ello. El titular provisional es Cocido millennial. No te enfades. Vas a ver qué bien.» «Lo sé, la he cagado.» «Vale. Hasta esta noche.» «Espero que estés bien. Te echo de menos. Voy a comer cocido madrileño. Tú no sabes lo que es eso, ¿verdad?» «Ah, yo también llevaré vino.»

Una de las cosas que más le gustaban de comer sola era el juego de miradas con el resto de los asistentes, pero a esa hora de la tarde el Azules ya estaba vacío. Comió mirando hipnotizada los destellos del sol y la lluvia sobre las paredes del restaurante. Y también la pantalla de su móvil, para ver si recibía una notificación de Seb o de Eudald. Al no obtener respuesta, buscó el Facebook de Sébastien. Efectivamente ahora se definía como «es complicado». Luego, mientras esperaba el flan de coco del postre, se metió en su cuenta de Instagram y deslizó muchas veces hacia abajo hasta dar con una imagen que había publicado hacía prácticamente un año. En ella se la veía vestida de azul y abrazada a Seb.

Con un filtro violáceo recubriéndolo todo, posaban muy pegados a pesar del calor que hacía aquella tarde de mayo en Cannes. Habían ido a la boda de Mathieu, el mejor amigo de la infancia de Sébastien y también el dueño de un pequeño bar de Poble Sec al que iban cada viernes después de cenar en el Fish & Chips de Rocafort. Fue en aquella fiesta de compromiso donde probó por primera vez el Epicurus. El fin de semana en la Costa Azul se le hizo larguísimo, pero ese sauvignon de Bergerac le salvó la vida. Helena pasó tres días bebiendo y observando atentamente cada movimiento de Sébastien: su cabello frondoso, sus ojos verdes, ese entrecejo tan poblado que contrastaba con su mentón imberbe. Mirándolo, escuchando sus conversaciones monótonas y aprendiendo a medias las anécdotas de su adolescencia, se dio cuenta por primera vez de lo distintos que eran. Él, un chico que lo había tenido absolutamente todo. Ella, una extranjera huérfana. Él, rodeado de personas que lo habían tenido absolutamente todo. Ella sola, humilde, secreta. Qué distinto el espesor del caldo de tocino y morcillo de su infancia en comparación con los bocados de mar y Perrier con los que había crecido Seb.

¿Qué los unía?

¿Por qué pasaron tantas cosas juntos?

Helena contemplaba aquella escena disparada bajo el cálido sol de Cannes, cuando la notificación del mensaje de Eudald emergió para tapar por completo sus rostros sonrientes: «De acuerdo, Lena. Come y escribe».

44

Regresó bajo la lluvia y sobre sus pasos: Lena bajó corriendo las callejuelas que rodeaban la catedral. Lena pasó por la librería. Lena pasó por el mercado. Lena atravesó las arcadas, vacías ya de estudiantes. Lena pasó por PelosVan.

Lo primero que hizo al llegar al parador fue tirarse sobre el colchón. Se desnudó despacio, arrancándose las medias negras. No le quedaban fuerzas para imaginar. Tampoco quería escribir nada. Se acurrucó bajo el edredón, en posición fetal, y encendió la aplicación del móvil con la que solía grabar sus entrevistas. Pulsó el «Play» de una nota de voz, y susurró:

«Cocido millennial.

»O cuando caes en la cuenta de que tu vida resiste en los sabores de papá.

»No escribas eso. No me gusta cómo suena.

»Empiezo otra vez.

»Cocido millennial.

»Hay veces en las que me pregunto hasta cuándo seré capaz de renegar de los sabores que escriben mi historia. Cómo he sido capaz de olvidar que aquí, a pocos metros de donde atropellaron a mi madre, encontraría la respuesta a mis dolores. Basta una simple olla a presión y un puñado de palabras que nunca encontraré en una carta de los alrededores del Born. Estoy hablando del hueso de espinazo. Estoy hablando del jarrete de ternera. Estoy hablando del cocido y de su digestión espectacular. ¿La oís? Estoy hablando de un hedor exquisito. De la trágica historia de una familia que circula de la punta de la lengua hasta el intestino.

»Pero ¿de qué estoy hablando?

»Si alguien escucha esto, que no me haga caso.

»Ni siquiera estoy borracha, creo.

»¿Seb? Probando, probando. ¿Escucharás esto alguna vez y nos reiremos de lo tonta que soy?

»No me odies, por favor, sólo quiero escribir algo hermoso sobre unos garbanzos.

»¿No quieres escucharlo?

»¿No quieres que te cuente lo que siento?

»No te preocupes, tengo un libro. Se llama *Diario de Lo*. También te puedo leer eso.

»Un fragmento al azar.

»Voy a leerlo.

»Escucha.

»"Es obvio que debe ser mío y sólo mío, porque sólo junto a mí Humbert está vivo."

Helena apagó la grabadora, borró el archivo y se volvió a acurrucar bajo el edredón. Se deshizo el moño y notó cómo el enredo se había convertido en una bola muy gruesa de pelo y humedad. Empezó a tirar de él con los dedos. Le dolía tanto la cabeza que deseó un café. Se levantó de nuevo. Empezó a caminar por la habitación con el edredón por los hombros y las piernas entumecidas. Al otro lado de la ventana la lluvia arreciaba. Pensó en esas gotas cayendo sobre su cuerpo. Pensó en Juan de Dios sirviendo su café. Aunque no recordaba haber pedido nada a recepción, alguien llamó a la puerta. Al otro lado, un camarero que no se parecía lo más mínimo a su favorito le ofreció sin mencionar palabra una cafetera caliente. Ella aceptó, también en silencio. Y él sirvió el líquido negruzco, mientras Helena le miraba los labios.

—¿Se encuentra bien, señora?

—Sí... —dijo con gesto derrotado.

El camarero se esfumó con la misma velocidad con la que había aparecido en la habitación y Helena se sentó a escribir. El café la ayudó a concentrarse en las ochocientas palabras que debía mandar a Eudald.

Después de darle al botón de enviar, disponía de pocos minutos para buscar la dirección de una buena vinoteca, ponerse el último vestido limpio que le quedaba en la bolsa de viaje y salir hacia la que había sido la casa de Roberto.

45

El vestido era una camisola violeta con un ancla bordada. Intentó peinar el nudo, se pintó los labios de marrón y acertó a dibujarse en los párpados una línea negra digna de Cleopatra. Cuando fue a hacerse un selfi para inmortalizar con orgullo el maquillaje, descubrió que le había entrado un mensaje:

«Artículo recibido. Gracias por hacerme pensar en tus pedos».

Helena salió feliz hacia la tienda de vinos. En Barcelona hacía tiempo que sólo compraba en tres: una especializada en vinos ecológicos; otra que era la trastienda de un ultramarinos de barrio; y su favorita: una tiendecilla francesa regentada por una pareja de jóvenes de Normandía que habían agotado su Erasmus pero se quedaron en la ciudad para vender los productos que sus respectivas familias elaboraban en Francia. Se llamaban Chantal y Thomas, y como buena parte de la comunidad de migrantes franceses en Barcelona, también eran colegas de Mathieu y Seb. La mayoría de los viernes, después de cenar, el grupo coincidía en el bar de Poble Sec, donde acababan emborrachándose y contando los chistes sobre musulmanes de Charlie Hebdo, o las anécdotas del perro de Macron. Helena prefería exiliarse de aquellas conversaciones. Ella se sentaba al final de la barra, saboreaba el Epicurus y chateaba con Eudald:

«¿Qué haces, pequeña?».

«Aquí, saboreando.»

«Así me gusta.»

La tienda de alcoholes del centro de Alcalá de Henares se llamaba Dulcinea y no tenía Epicurus.

Helena regresó a la plaza del Azules y allí encontró un gastrobar donde servían un buen albariño del que se llevó dos botellas. Mientras caminaba hacia el ático de Laura, se vio reflejada en la cristalera de un portal y apenas reconoció su silueta. Parecía mucho más delgada. No podía distinguir su pelo de su cara. Se acercó un poco más y se vio escuálida. Quizá si se quedaba allí parada acabaría desintegrándose.

Tenía que darse prisa si no quería desaparecer.

46

Cuando mataron a Fernanda, Amador intentó deshacerse también de sus aromas, cambiando las marcas de todos los geles, champús, detergentes y ambientadores del hogar. Pero había algo que resistía. Su esencia estaba ahí a pesar de las cajetillas de tabaco, de las comidas olorosas de los domingos e incluso del empeño de su padre por enjabonarse las manos compulsivamente con aceites de Moussel.

—La bañera de la abuela huele así —se percató Helena.

—Venga, a tu habitación —le respondió Amador mientras se encendía otro pitillo, recostado en la butaca del salón que se había convertido en su improvisado dormitorio.

Aunque su cuerpo no hubiera tocado el colchón en días, Amador ventilaba las sábanas de la cama cada mañana. Años más tarde, Helena supo que todas esas supersticiones eran herencia de la abuela Antonia. Cuando murió su hijo y se trasladó al chalet para cuidar de su nieta, Antonia repitió los mismos gestos: lavaba a mano las sábanas que durante décadas arroparon a Amador. Lo hacía con un jabón de rosas que había traído en la maleta y que a Helena le pareció una pócima secreta. Cada vez que su abuela sacudía aquellas largas telas verdes, el aire de la casa se impregnaba de un frescor inaudito. Como si dentro de aquellas paredes hubiera ahora más vida. ¿De dónde había sacado aquel bálsamo? ¿Por qué nadie le había dicho antes que la solución a todos sus duelos residía en el batir de una sábana contra la luz del sol?

—No recuerdo a qué olía mi madre —susurró Helena el día anterior a la fiesta de fin de curso, mientras buscaba un vestido con su abuela en El Corte Inglés de Goya.

—Yo sí, querida. Ella decía que era incienso. Pero a mí me recordaba a la canela.

47

El pasillo oscuro olía a lirios. Helena siguió a Laura hasta la única habitación con luz: un salón muy amplio cuyos ventanales daban al parque que había tenido que cruzar para llegar al edificio en el que dos días atrás agonizaba Roberto.

Estaba todo ordenado y brillante, salvo por un detalle. Laura dijo que la cena estaría lista enseguida pero Helena no la oyó porque se había quedado embobada mirando un sillón reclinable que se parecía demasiado a ese que su padre utilizaba para no despegarse de los canales deportivos los sábados por la tarde. Al contrario que el de Amador, este estaba roído. Encima había una manta a cuadros verdes arrugada, unos cuantos libros y lo que parecía una maraña de tubos de vías intravenosas.

—No te preocupes. No murió ahí.

Helena asintió y permaneció quieta en mitad del salón.

—Puedes sentarte en el comedor. ¿Un poco de vino?

—Sí, por favor —respondió mientras se quitaba la chaqueta y la dejaba sobre uno de los brazos del sofá.

Laura desapareció y Helena volvió a mirar a su alrededor. Las paredes del comedor estaban forradas de estanterías repletas de libros. No había ni una sola fotografía de Roberto o de Laura. Tan sólo un cuadro abstracto que parecía representar dos cuerpos negros atravesados por un haz de luz rojiza. Sus ojos acabaron topándose de nuevo con la extraña butaca de cuero roto. El nudo de vías intravenosas parecía más grande que antes. Era una orgía de serpientes.

—¿Tu albariño o mi verdejo? —gritó Laura.

—¡Lo dejo a tu elección!

Helena se tocó la cabeza y tuvo la impresión de que sus cabellos también se habían vuelto cilindros de plástico. Tuvo miedo de que por su interior estuviera circulando algún tipo de veneno.

—Aquí tienes, ahora vuelvo con la comida.

—Déjame que te ayude —dijo Helena, colocando las copas amarillas sobre el mantel floreado. Laura se lo impidió, y ella se quedó allí de pie, con la mirada otra vez fija en la butaca.

—He pensado que esto te gustaría, lo he comprado en el Mercado de San Miguel.

Laura regresó con una enorme bandeja repleta de tacos de salmón y bolas de algas y arroz.

—Me gustará. No conozco a nadie a quien no le guste un buen sushi.

—¿Te sientas?

Helena estaba nerviosa. Cuando se atrevió a coger los palillos de madera, se le escurrieron entre los dedos y se le cayeron al suelo. Parecía que no los hubiera usado nunca.

—¿Te traigo un tenedor?

Negó con la cabeza y consiguió llevarse un niguiri de atún a la boca. Aunque las texturas del pescado y el arroz eran las adecuadas, y aunque había conseguido impregnar un poco de salsa de soja sobre la piel rojiza, el bocado le bajó muy áspero por la garganta. Sintió que se iba a atragantar.

Laura la miraba atentamente, con una actitud que a Helena le pareció desaprobatoria. Ella comía con una elegancia acorde a su vestido caro. Parecía haberse olvidado del duelo y disfrutar de la comida.

—Lo peor del cáncer —dijo de pronto— fue cómo le hizo perder el apetito. No te das cuenta de lo importante que es la alimentación en tu vida hasta que tienes que alimentar a un enfermo. Lo ves ahí, tan solo, tan indefenso, que no puedes hacer nada más que rezar para que la crema de verduras que le has hecho no le dé náuseas. No puede masticar porque le duelen los dientes. Ni tampoco puede tragar porque le duele la garganta. Y ahí estás tú, sola, diluyendo natillas Danone en leche para que se las pueda beber con pajita.

Helena no supo qué responder. Laura tampoco esperaba una respuesta, así que agarró un trozo de salmón y lo hundió en el cuenco de salsa de soja como si intentara ahogarlo.

—Perdona. No es muy agradable hablar de la muerte mientras comemos.

Helena dio un sorbo al albariño y fue capaz de decir algo.

—Es interesante la relación entre la comida y la muerte. El otro día leí que hay marcas que prefieren no tener distribución en tanatorios para que no se las asocie con algo así.

Laura abrió mucho los ojos.

—Y sin embargo, si no hubiera cafeterías en los tanatorios, no nos habríamos conocido.

Los dedos de Helena volvieron a flaquear y el maki de atún que sostenía rodó por el mantel. Laura lo miró con indiferencia y siguió hablando.

—¿Sabes qué fue lo que más me sorprendió de verte allí? Descubrir que no estabas muerta.

Helena dio otro largo trago al vino. ¿A qué venía ese comentario? ¿Qué clase de broma era esa?

Las dos se quedaron en silencio, mirándose primero a los ojos, y luego a la bandeja de sushi, y luego a las copas de vino vacías.

Laura volvió a dejarla sola unos segundos en el comedor. Después regresó con una bandeja de plástico y empezó a llenar el plato de Helena: primero tres trozos de salmón con soja, después dos niguiris picantes, y por último un maki en cuyo interior había una masa blanca que sabía a vieiras pero que tenía la textura del queso.

—¿Es normal que eche tanto de menos cuidar de un enfermo?

Helena dijo que sí muy bajito. Pero no lo sabía. Ella ni siquiera pudo ver a sus padres enfermos. Ahora lo agradecía.

—¿No podríamos morirnos y ya? ¿No podríamos evitar la espera y el estertor?

48

Según contó, había pasado los últimos dos meses cuidando de un enfermo terminal, pero no era enfermera, sino profesora de canto en la Escuela Coral de Madrid desde 1996.

—¿Le cantabas?

—¿A quién?

—A Roberto.

—Nunca. Me daba vergüenza. Hasta que enfermó.

Había conocido a su futuro marido a los diecinueve años, en una fiesta que organizaba la facultad de letras en los cursos de verano de El Escorial. Él quería escuchar a Ángel González y entregarle una carpeta azul con diez folios de poemas escritos de su puño y letra: tenía veintidós años y hacía su doctorado en la Complutense. Sólo hablaba de las guerras entre los poetas de la experiencia y los del silencio. Hasta que vio aparecer a una chica con una máscara de encaje negro y perlas que salió al escenario a cantar poemas de Lorca.

—Diez días antes de morirse, cuando aún tenía fuerzas para abrir los ojos y balbucear ciertas palabras, me preguntó dónde estaba esa máscara de El Escorial. Hasta su último aliento le estuve cantando. Creo que hasta le vi sonreír.

Era demasiado tímida para cantar en público, por eso prefirió convertir su pasión en la de los demás y dedicarse a la enseñanza, como Roberto. Él tuvo que pasar hasta dos oposiciones hasta conseguir su primera plaza en un instituto de Torrelodones. Ella daba clases particulares de música a los nietos de señores del barrio de Salamanca que se habían hospedado en el hotel que regentaba su familia en Toledo.

—A Roberto lo veía sólo por las noches y un ratito en el desayuno. Él trabajaba por la mañana y yo por la tarde. Incluso cuando compartíamos techo, él escribía y traducía hasta tarde y yo me levantaba muy temprano para hacer deporte. Debo de ser una de las pocas mujeres de mi generación que hacían yoga años antes del yoga.

Roberto y Laura tenían dos coches de segunda mano. Salían a pasear por Alcalá de Henares cada dos fines de semana soñando con mudarse al centro histórico. Compraban los libros de dos en dos. Y adoptaron dos gatos después de que ella sufriera dos abortos espontáneos.

De pronto, los ojos de Laura brillaron.

—No hay nada más triste que perder a un hijo. En el 96 nos mudamos a Alcalá. Mi ginecólogo del Príncipe de Asturias me dijo que era estéril. A las pocas semanas conseguí el trabajo de mis sueños. Luego, en el 99, compramos esta casa. Aquí he sido feliz. Desde entonces no he lamentado no poder ser madre.

En septiembre de 1999 Helena tenía doce años y acababa de empezar el instituto. Su aula de primero y segundo de la ESO era la contigua al departamento de Lengua donde Roberto guardaba sus libros, sus exámenes, sus manuales y sus secretos. Ninguno de los dos se fijaría en el otro hasta algunos años después.

—Si te cuento esto es porque quiero que sepas que yo he compartido todo con Roberto. Que he estado a su lado durante décadas, atendiendo a sus teorías, viéndole sufrir porque ninguna editorial aceptaba sus manuscritos. Que también le he escuchado declamar en voz alta todos esos versos que le inspiraban. Que me he reído cuando me contaba las respuestas delirantes que algunos de sus alumnos escribían en sus exámenes. Que he leído siempre lo que me recomendaba. Que he comprado libros para él cuando estaba enfermo. Pero igual que él no me volvió a oír cantar hasta el último momento, yo nunca me atreví a leer lo que escribía por las noches en su despacho. Hasta ahora.

49

Laura abrió otra botella de vino. Las dos tenían las mejillas sonroja-
das y hacían esfuerzos por mantener los párpados tan abiertos como
al principio.

—La novela se llama *El funeral*.

—¿Qué novela?

—La última que escribió Roberto.

Entonces ¿lo que Roberto había escrito era una memoria sobre
su camino hacia la muerte? ¿Sería *El funeral* una autoficción llena
de metáforas de tumores y metástasis?

—Levántate, por favor —dijo Laura—. Y tráeme el manuscrito
que hay en la butaca, debajo de los tubos.

Ella dejó su copa sobre la mesa y al levantarse notó un mareo
que le hizo ver dobles algunos objetos de la habitación.

—¿Estás bien?

—Sí, sí. —Helena se apoyó en el sillón de Roberto y se dio
cuenta de que las marcas en el cuero roído eran arañazos de gato,
y sin embargo no había visto ninguno desde que llegó. Trozos de
tela se habían salido del interior y parecían entrañas. La maraña
de tubos le recordó a un problema matemático. Imaginó la morfina entrando y saliendo de ellos. La vio circular hasta el centro

del nudo, donde luego se acumularía y explotaría como una arteria inflamada.

¿Qué sensación provocaría la morfina? ¿Quedarán todavía botecitos en la casa? ¿No toman los enfermos de cáncer decenas de pastillas contra el dolor? ¿Y si me escabullo a la cocina y le robo unas cuantas? ¿Para qué querría más anestesia que el vino que ya corre por mis venas?

Apartó la maraña de tubos y se encontró con una pila de libros y un manuscrito anillado y forrado en tela negra. Sintió impaciencia por abrirlo y descubrir las palabras de Roberto.

—¿Qué quieres que lea?

Helena miró hacia la mesa, pero Laura ya no estaba allí sentada. Gritó su nombre dos veces más pero no hubo respuesta. Oyó un pequeño golpe a lo lejos y se fijó en que al otro lado del pasillo había una luz encendida. Caminó hacia ella con el manuscrito en la mano. Justo así era como empezaban las películas de terror. La oscuridad la envolvía.

50

—¿Laura? —preguntó otra vez mientras recorría el pasillo, rodeada por la larguísima estantería que lo cubría—, ¿te encuentras bien?

Un leve gemido emergió de la última habitación. Y allí estaba ella, tumbada en la cama, con el vestido puesto pero descalza. Hecha un ovillo. Helena comprobó que aquella era la única habitación de la casa en la que había libros. Ni siquiera en la mesilla de noche. También la única en cuyas paredes había fotos de ella y de Roberto, algunas hechas en fotomatones, y otras impresas en papel mate, enmarcadas en plata. En una de ellas Roberto debía de tener cuarenta y pocos. Reconoció su camisa. Reconoció ese cabello que nunca supo decir si era largo o corto, si estaba peinado o despeinado, si estaba húmedo. El cuarto, de hecho, olía a esa humedad, olía a él, pero también a lirios y a lejía. Laura había cerrado los ojos y tenía la boca entreabierta.

—Disculpa… —susurró—, disculpa, llevaba casi dos semanas sin dormir y el alcohol ha podido conmigo. ¿Me oyes, Helena?

—Sí, claro, aquí estoy.

Laura trató de incorporarse, pero se quedó a medio camino, retorcida entre el edredón y la almohada.

—Quiero que hagas algo por mí —dijo sin molestarse en abrir los ojos—, quiero que mañana, cuando me despierte, no quede rastro de ti en mi casa, ¿de acuerdo? Me he esforzado demasiado. Él ya se ha ido. Tú y yo ya hemos hablado. Hemos pasado una noche agradable como si pudiéramos ser amigas. Pero no podemos ser amigas. Quédate si quieres en el sofá hasta que amanezca o hasta que deje de llover. Pero se acabó. Déjalo ir como él te dejó ir a ti en ese libro. ¿Me has entendido?

Helena se escondió el manuscrito de *El funeral* detrás de la espalda y sintió un fogonazo en la nuca. No estaba segura de haber comprendido aquellas palabras, así que se acercó a la cama y tapó a la viuda hasta los hombros con el edredón. Después le dio un beso en la frente. «Sí, de acuerdo», le dijo. Cuando apagó la luz, creyó oír un sollozo. O quizá era una canción.

51

El rumor de la lluvia contra las ventanas del salón también parecía una nana. En el sofá, sobre su abrigo, se había apoltronado un gato de pelaje tricolor. Quiso tocarlo, pero el animal soltó un bufido y huyó a esconderse debajo del sillón reclinable. Helena se asomó a la ventana para comprobar la densidad de una lluvia que aún no la dejaba huir. En el silencio del salón, pervertido a veces por los picotazos de la tormenta, se entremezcló el sonido áspero de la lengua del gato contra su propio pelaje. Tenía sueño, pero también tenía miedo. No quería marcharse de allí sin descubrir qué decían las páginas del libro de Roberto.

¿Por qué quería Laura que lo leyera y que luego se marchara?

Recogió sus cosas y se quedó descalza para no hacer ruido en su travesía por el pasillo. Quería llegar al baño para inspeccionar el maquillaje de Laura. Ese era, de hecho, uno de sus hobbies secretos: probarse los pintalabios y el rímel en las casas que iba a visitar o de las dueñas de los apartamentos que alquilaba cuando estaba de viaje. ¿A qué sabrían sus labios? ¿Qué marcas de perfume eran sus favoritas? Había algo mágico en ponerse el maquillaje de otra mujer, y muchas veces se preguntaba si alguien, alguna vez, había usado su granate de Chanel a escondidas.

Tocó un interruptor contra el que había chocado su dedo al tantear la pared, pero en vez del baño lo que encontró fue una puerta abierta de par en par, de cuyo interior asomaba otro aroma familiar. No era perfume caro. No era incienso. Ni tampoco los restos de las coronas de flores que habían regalado a la viuda y que ahora descansaban en la encimera de la cocina. Aquello olía como todo lo que alguna vez había deseado: era el despacho de Roberto. Su refugio.

El escritorio y las estanterías eran muy sobrios: de un marrón pulido pero con las estrías del roble. Se lo había imaginado así demasiadas veces. Lo había visto en sus pesadillas. Aquella habitación, amplia y desordenada, era una extensión del departamento de Lengua del Complutense. Más peligrosa y prohibida aún porque sólo le había pertenecido a él.

¿Sería ese el escritorio en el que a veces redactaba las cartas de amor que le enviaba?

¿Cuántas veces se había masturbado pensando en ella entre esas cuatro paredes repletas de libros?

¿Alguna vez, allí encerrado, se preguntó si la amaba?

Helena salió del cuarto para cerciorarse de que Laura dormía. En la penumbra, alcanzó a ver el bulto del cuerpo de la viuda. Respiraba acompasadamente y cada tanto emitía un ronquido semejante a un lamento.

De nuevo en el despacho de Roberto, Helena se puso de puntillas y tocó los lomos de los libros. Había ediciones antiguas en inglés que nunca había visto, mucha literatura latinoamericana, un libro de Bradbury y varias novelas de Asimov, lo que le sorprendió porque nunca se habría imaginado a Roberto viajando por mundos ajenos. Él que era tan terrenal, que sólo creía en lo humano y en la carne.

Había también ensayos políticos, colecciones por entregas de las que se vendían con el periódico. Y por supuesto las obras completas de Dostoievski, Neruda, Paz, Nabokov, Borges y James. Todos son hombres, pensó Helena.

Sobre el escritorio, una montaña de cartas sin abrir, facturas, postales, anuarios del instituto y álbumes de fotos. El desorden le hizo pensar que quizá alguien hubiera estado revolviendo y rebuscando entre sus papeles.

El primer cajón del escritorio parecía forzado. Lo abrió y encontró algunas libretas y folios sueltos. En la cubierta de una de ellas podía leerse «Notas para *El funeral*. Por Roberto Díaz Díaz. Para Zurita».

Comprobó que la primera página del manuscrito negro que había dejado apoyado sobre una de las estanterías llevaba escritas prácticamente las mismas letras: «*El funeral*, una novela de Roberto Díaz Díaz. Para Helena».

Dejó el bolso en el suelo, junto a sus zapatos.

Robó un lapicero del escritorio y lo utilizó para recogerse el pelo enredado en un moño.

Cogió el manuscrito de Roberto y se acomodó en el otro sillón de cuero de la casa que el gato había destrozado.

El libro era muy fino. Apenas llegaría a las cien páginas, escritas con una tipografía diminuta, una serifa elegante y esquelética. Estaba lleno de tachones rojos. Tal vez eran de Laura. Aunque parecía sangre, sólo era tinta.

«Eres un puto cabrón —me dijo entonces ella—. Te juro que me voy a vengar.»

52

«—Suelta esa pistola.

»—¿Qué pistola?

»—¡Te digo que la tires al suelo!

»—Pero ¿de qué estás hablando, Roberto?»

Dos horas. Tres, como mucho. No podía haberse quedado dormida mucho más porque detrás de las cortinas del despacho de su profesor el sol empezaba a dibujar la mañana de un viernes de marzo. Lo que despertó a Helena de la pesadilla, sin embargo, no fue esa luz violácea que se colaba entre las rendijas del ventanal, sino una leve presión en el pecho que provenía de los canutillos del manuscrito de *El funeral*. También le dolían los ojos. También le dolía la lengua. Pero, sobre todo, el cuello: era como si el peso del moño hubiera tirado de él hacia atrás, torciendo su silueta en el aire. Helena estiró las piernas y los pies descalzos y luego se los frotó como si quisiera hacer fuego con ellos.

No ardía nada en aquel despacho, salvo el libro negro de Roberto que ahora Helena confundía con los gritos de un mal sueño.

A esa hora de la mañana, el despacho lucía muy distinto. La luz se paseaba por los libros del profesor y Helena pensó en la cantidad de horas que habría invertido para leerlos, estudiarlos y subrayarlos todos, ¿y para qué?

Por eso ella había dejado de leer. Prefería el arte de comer, tan intenso y etéreo como la vida humana.

¿Y si me como estos libros?

¿Y si en vez de desayunar me trago las páginas de *El funeral*?

La tripa de Helena rugió de resaca y hambre. Se acercó al escritorio y quiso abrir todos los sobres. Necesitaba destrozar algo. Necesitaba gritar. Necesitaba saber por qué Roberto había ocultado *El funeral* durante años. Necesitaba consultar sus notas y leer cuánto se arrepentía por haberle robado la vida a su protagonista. Por haberle quitado hasta los recuerdos hermosos, para transformarlos algunas veces en obscenidades, otras en tonterías y otras en mentiras.

Se puso los zapatos con cuidado de no hacer ruido con los tacones sobre el parquet. Metió el manuscrito en su bolso y al hacerlo se encontró con el regalo que había comprado para Laura en Diógenes. Echó un vistazo a la biblioteca, y optó por dejar la novela en la balda más alta, entre dos lomos gruesos de Philip Roth. Siguió husmeando entre los estantes y dio con la poesía completa de Raúl Zurita. También la guardó en su bolso junto a *El funeral* y salió de puntillas del despacho.

No comprobó que Laura estuviera bien, ya le daba igual. No entró a la cocina para robar botes de morfina. No se despidió de los gatos. Ni de las butacas roídas. Ni tampoco de la maraña de cables que se retorcían en el salón.

Por fin, Helena abandonó el portal de Laura y Roberto. Debían de ser las seis o quizá las siete de la mañana, en la calle sólo quedaban charcos. Al entrar en el parque de los columpios verdes, Helena admiró uno que parecía un gran espejo. Se acercó para mirarse pero lo único que encontró fue una masa opaca de barro y de suciedad.

Abrió el bolso, sacó el manuscrito negro, arrancó la primera página donde aparecía su nombre y la tiró al charco.

Caminó por el parque. Cada veinte pasos arrancaba otra página y la hacía volar. Cruzó el puente de la estación de Cercanías, y dejó caer un puñado de folios sobre las vías. Con suerte acabarían volando hasta las manos de un estudiante universitario que se reiría al leer las descripciones de Roberto del coño de Helena y del amor. Otros veinte pasos y un papel caía a un charco. Veinte pasos más y otro papel acababa en el interior de un contenedor de vidrio. Al llegar a la plaza de Cervantes, dejó un folio en la escalinata.

—Para ti, Miguel —dijo Helena—, a ver qué te parece este poema en el que aparezco desnuda y roja.

La plaza estaba vacía, aunque no le había importado que alguien la viera destrozando lo que quedaba del manuscrito junto a la estatua. Ya había arrancado todas las hojas. Hizo un avión con la última y se la guardó en el bolsillo de la chaqueta. Ni siquiera miró qué decía. Ahora lo que necesitaba era un dónut con mucho azúcar y un café.

53

Era una bonita mañana de viernes pero todos los establecimientos permanecían cerrados como si fuera domingo. No habían dado las ocho cuando se encontró con que el único local abierto de una de las calles traseras a la facultad de letras era el centro de estética de PelosVan. No le pareció mala idea sustituir un desayuno calórico por un corte de pelo, así que entró en la peluquería decidida a acabar con el inmenso nudo que llevaba una eternidad presionándole el cráneo y la nuca.

—¿No es un poco pronto para que estéis abiertos?

—¡Siempre estamos disponibles! —dijo una joven que llevaba un delantal rosa y en cuya identificación podía leerse el nombre María Luz—. ¡Hay cosas que no pueden esperar!

A Helena le divirtió el eslogan. Deseó que fuera cierto.

—¿Tienes pensado lo que vas a hacer con tu bonito pelo?

—No es tan bonito —dijo mientras se amasaba el nudo—. Estoy harta de él.

—Suele pasar, pero para eso estamos estas tijeras y yo, ¿no? —María Luz se rio y le indicó una silla donde debía sentarse—. Si te parece, empezamos. Te lavo el pelo, te pongo el sérum y tú vas pensando en lo que quieres hacerte.

—Vale —respondió Helena relajada.

La peluquera empezó a masajear su cabeza, primero muy suavemente y luego con fuerza. La cerámica del lavadero se le clavaba en la nuca, pero contrarrestaba el malestar con el movimiento de aquellos dedos duros y finos que entraban y salían, presionando su cuero cabelludo con gestos circulares.

—Menudo enredón tienes aquí. Lo sabías, ¿no?

—Por mucho que lo peine no se quita. Lo he probado todo para desenredarlo pero estoy convencida de que a estas alturas voy a tener que cortarlo como una mala hierba.

—Uy, puedo intentar cepillarlo, pero te voy a hacer mucho daño. ¡Parece una rasta!

María Luz lo dijo con tono animado, aunque sus gestos se habían ralentizado, como si sintiera cierto asco hacia aquel trozo de pelo ahora enjabonado.

—Podríamos cortarlo todo.

—¿Estás segura?

—Sí, tijeretazo y ya.

—¡Qué atrevida!

María Luz le envolvió el pelo en una toalla y la llevó hasta la silla de cortado. Luego dejó caer la toalla sobre sus hombros y le cubrió el torso con una fina capa de color azul celeste. Helena se miró en el espejo. Ya no se veía tan famélica como antes. Nunca había llevado el pelo corto, porque así es como lo había llevado siempre su madre.

Esta vez no le importaba parecerse a ella. De hecho, lo deseaba.

—Lo quiero muy corto. Muy francés.

—Primero tengo que cepillar. Si te hago daño, me avisas.

María Luz comenzó a peinar, pero las púas se quedaban atascadas. Al doblarse, sonaban como cuerdas de guitarras de juguete.

—Madre mía, es imposible.

—Inténtalo una vez más, por si acaso.

—No puedo. Parece una roca. Si no te importa, voy a tener que cortar directamente.

María Luz buscaba unas tijeras en un cajón de la encimera y Helena volvió a pensar en su madre. Qué raro se le hacía estar allí sentada. Cuánta hambre tenía. Cómo le escocía aquel bulto en la cabeza. De pronto, sintió que debía hablarle a María Luz de todo ello. Era la única persona del mundo que podría entenderla si le explicaba que tenía una amiga que quizá no volviera a serlo, un novio que la iba a dejar si es que no lo había hecho ya, y un amante con el que ni siquiera se había besado. Le quería decir también que acababa de robar y destruir la memoria de una persona a la que amó y odió a una edad a la que no se sabe con certeza lo que es el amor o el odio.

¿Cuántos años tienes, María Luz?

¿Tú odias?

¿Qué escondes tras esa cara de niña?

¿Amas?

¿Dejarías que otros se apropiaran de tu historia?

El sonido metálico de las tijeras tan cerca de sus oídos le nubló la vista y sus pensamientos cayeron como piezas de dominó. La vida real no eran preguntas, sino cuchillas afiladas y el estampido de su pelo cayendo al suelo.

—Pero ¿qué ha sido eso?

El rostro de María Luz estaba desencajado.

—No tengo ni idea. Creo que es tu pelo. Tu nudo. De pronto estaba muy caliente. Qué susto me he dado.

Con media melena arrancada y la otra aún en su cabeza, Helena se levantó de la silla y cogió la mata de pelo con las manos.

—¿Te importa que lo mire?

—Adelante…, si es tuyo…

 Se puso de rodillas en el suelo e intentó desenmarañar aquel bulto que le ardía en los dedos. El local empezó a oler a pelo quemado.

—No me lo puedo creer —dijo María Luz—, ¿eso es una…?

—Una bala —corroboró Helena con el trozo de metal ardiente descansando sobre la palma de la mano.

—Joder. ¿Y qué hacía una bala en tu cabeza?

—No lo sé. No tengo ni idea.

El silencio se apoderó del centro de estética durante unos segundos.

—¡Bueno! —La peluquera rio—. ¡Si supieras cuántas madres nos han traído a niños con chicles pegados al pelo después de una excursión o de una fiesta de cumpleaños!

Helena sólo podía mirar la bala, absorta.

—¿Necesitas que me vaya un rato o algo? —dijo María Luz, ahora más seria.

—Sí, por favor.

Helena se levantó y volvió a contemplar su reflejo pálido.

La bala ardiente en su mano le produjo una sensación parecida a las náuseas. Eso que a veces la gente describe como un nudo en el estómago, como un lazo que ahoga.

Para ella, sin embargo, eran malas metáforas. Si tuviera una cuerda en la tripa, al menos podría tirar de ella para escapar a algún lugar lejano, o quizá para deslizarse hacia dentro de sí misma, y quedarse ahí escondida, a oscuras, calentita entre las vísceras.